김동환의
다니엘 마음관리 365일
1·2·3월

고즈윈은 좋은책을 읽는 독자를 섬깁니다.
당신을 닮은 좋은책 — 고즈윈

김동환의 다니엘 마음관리 365일 1·2·3월

1판 1쇄 발행 | 2004. 11. 20.
2판 1쇄 발행 | 2005. 12. 1.
2판 8쇄 발행 | 2014. 1. 25.

발행처 | 고즈윈
발행인 | 고세규
신고번호 | 제313-2004-00095호
신고일자 | 2004. 4. 21.
(121-896) 서울특별시 마포구 동교로13길 34(서교동 474-13)
전화 02)325-5676 팩시밀리 02)333-5980

값은 표지에 있습니다.
ISBN 978-89-91319-45-5
      978-89-91319-49-3(전4권)

고즈윈은 항상 책을 읽는 독자의 기쁨을 생각합니다.
고즈윈은 좋은 책이 독자에게 행복을 전한다고 믿습니다.

김동환의
다니엘 마음관리 365일
1·2·3월

김동환 지음

고즈윈
God'sWin

불가능한 길은 없습니다.
아직 포기할 때도 아닙니다.
우리에게는 꿈이 있습니다.
여러 일들로 때로는 절망하기도 했지만
새롭게 뜻을 정하여 다시 시작하려는
모든 후배들과 그들을 사랑으로 뒷바라지하시는
세상 모든 부모님들께 이 책을 바칩니다.

책머리에

　엔리코 카루소라는 이탈리아의 유명한 가수가 있습니다. 그는 어려서부터 노래하기를 좋아했고 노래를 잘 불렀습니다. 그래서 본격적인 성악 공부를 위해 유명한 선생님을 찾아갔습니다. 그 당시 이탈리아에서 저명한 권위자였던 그 선생님은 카루소의 노래를 듣더니 표정을 찡그리며 날카롭게 한마디 했습니다.

　"그 따위 목소리로 노래를 하겠다니 정말 가소롭구나! 내 제자가 되겠다고? 어림없는 소리 말고 어서 빨리 사라지거라. 너는 가수가 되기는 글렀으니 일찌감치 다른 일이나 찾아보는 게 좋겠다. 나 원 참. 별 놈이 다 찾아오네."

　기대를 하고 찾아갔는데 유명한 권위자에게 이런 말을 들은 카루소는 하늘이 무너지는 것 같았습니다. 너무나 낙심하여 순간 죽어 버릴까 하는 생각까지도 들었습니다. 가수가 되겠다는 카루소의 희망은 산산조각이 났습니다. 파란 하늘이

노랗게 보였습니다. 몸의 힘은 다 빠지고 집까지의 길도 너무나 멀게 보였습니다.

말 한마디로 인해 일순간 죽음 같은 절망이 카루소의 몸과 마음을 휘감고 그를 바닥까지 끌어가고 있었습니다. 그는 마치 사형 선고를 받은 것처럼 보였습니다. 겨우 겨우 집에 도착한 카루소는 자기 방에 조용히 들어갔습니다. 고개를 숙이고 한없이 눈물을 흘리기 시작했습니다. 점점 울음이 커지더니 나중에는 통곡으로 변했습니다.

'정말 난 가수가 되고 싶은데, 난 재능이 없구나…. 난 안 되나 보구나…. 그래도 난 정말 가수가 되고 싶은데.'

카루소의 어머니가 조용히 방으로 들어왔습니다. 그리고 조용히 카루소를 안아주었습니다. 카루소는 엄마 품에서 엉엉 울었습니다. 한참을 울고 나서야 카루소는 조금 진정이 되었습니다.

"엄마 난 안 된대요. 나 같은 목소리로는 가수되는 것은 아예 꿈도 꾸지 말라고 해요. 엄마 어쩌죠. 난 이제 어떡하죠. 가수가 되는 것이 내 꿈이자 삶의 목표였는데. 엄마 저 너무 괴로워요. 정말 너무 힘들어요."

슬퍼하는 아들을 보는 어머니의 마음은 창자가 끊어지는 것처럼 아팠습니다. 그녀는 슬픔을 참으면서 이렇게 이야기했습니다.

"그 선생이 우리 나라에서 유명한 분이기는 하지만 너를 지도할 만한 자격은 없나 보구나. 너의 음악에 대한 열정과 음악적 소질과 목소리를 무시하다니 정말 말도 안 된다. 카루소야, 낙심하지 말거라. 희망을 포기하면 안 돼. 내일부터 너를 지도해 줄 새로운 선생님을 더 열심히 찾아보자. 분명히 너의 진가와 열정을 알아주는 선생님이 계실 거야. 그러니 아직 포기할 때가 아니란다. 아직 다 끝난 것이 아니야. 넌 아직 앞길이 창창한 청소년이란다. 아직 포기할 때가 아니야. 조금만 더 힘내렴. 다시 시작해 보자."

낙심하고 절망하던 카루소는 어머니의 격려에 힘입어 다시 뜻을 정하고 마음을 다잡기 시작했습니다. 그리고 카루소는 그의 진가를 알아주는 좋은 선생님을 만났습니다. 시간이 흘러 카루소는 세계적인 성악가가 되었습니다. 그는 다음과 같이 이야기하였습니다.

"만약 그때 어머니의 따뜻한 격려가 없었다면 지금 저는 이 자리에 있지 못할 것입니다. 그 따뜻한 격려가 나의 인생을 새롭게 바꾸었습니다. 만약 제가 그 유명하다는 선생님의 말만 듣고 절망하고 자포자기했다면 저는 이렇게 존재하지 못했을 것입니다. 하지만 사랑의 격려 한마디가 저를 변화시켰습니다."

오늘 우리 사회는 시간이 갈수록 서로 간의 생존 경쟁이 더욱 치열해지고 부익부 빈익빈 현상도 깊어져 갑니다. 시기, 질투, 미움, 비난, 비판, 정죄, 권모술수, 비열, 간사, 모함, 험담 등이 갈수록 이 시대를 뒤덮고 그 힘은 더욱 커져 갑니다. 반면 사랑, 따뜻한 정, 격려, 선행, 위로는 갈수록 적어집니다. 그 결과 우리 삶은 점차 사막처럼 황폐해지고 있습니다. 삭막함, 차가움, 몰인정함, 잔인함, 화를 풀지 않음, 용서의 사라짐 등이 공기 속에 포함된 것 같습니다.

그 가운데서 우리는 먹고, 자고, 숨 쉬며, 성공을 위해 분주하게 살아 갑니다. 마음도 조금씩 죽어 갑니다. 마음이 죽어 가면서 사람들 간의 사랑과 정도 식어 갑니다. 이 시대는 먹을 음식이 없어서 죽어 가는 사람들보다 한마디의 따뜻한 격려와 정과 사랑이 없어서 죽어 가는 사람들이 더 많습니다.

수많은 청소년들이 매년 성적과 이성 문제와 왕따 등으로 스스로 목숨을 끊습니다. 너무나 많은 청소년들이 우울증에 시달리고 무기력에 빠져 시간을 흘려보내고 있습니다. 희망 상실병과 의욕 상실병 속에서 소중한 시간들을 흘려보내고 있습니다. 만약 그들에게 카루소가 받은 것처럼 따뜻한 격려 한마디만 있었어도 그렇게 삶을 포기하거나 무기력하게 살지는 않았을 것입니다. 누군가가 힘들어 하는 어린 청소년들에게 조그마한 사랑과 관심과 정을 나누어 주었으면 그렇게 어린 나이에 세상을 등지지 않았을지도 모릅니다. 오죽 힘들었으면 그랬을까? 얼마나 절망했으면 그랬을까? 너무 슬픈 일입니다.

자살을 한 학생들은 그것을 시도하기 전에 세 번 정도 주변 사람들에게 자살할 것을 알린다고 합니다. 혹시나 누군가가 자신의 이야기를 관심 있게 들어주고 자살을 만류해 주기를 바라는 마음에서 그런 행동을 한다고 합니다. 그런데 세 번 모두 별 관심도 받지 못하고 무신경한 반응만 보게 된다면 결국, '역시 난 이 세상에서 없어져도 누구 하나 관심 가져 주지 않는구나' 하면서 자포자기하는 심정으로 세상을 등지게 되는 것입니다.

저 역시 고 3때부터 심한 디스크로 인해 지금까지 고생하고 있습니다. 지금 상태는 퇴행성 디스크로 병이 악화되어 현대 의학으로는 완치가 불가능한 상태입니다. 다만 평생 꾸준히 치료하여 통증만 완화시킬 수 있는 상태입니다. 대학 시절 역시 하루 걸러 병원에 다니며 치료를 받아야 했습니다. 하루하루 병과 싸움하며 공부를 병행한다는 것이 참 힘들었습니다. 『다니엘학습 실천법』에서 말씀드린 것처럼 자살을 시도한 적도 있었습니다. 정말 힘든 시간들이었습니다.

그런 상황 속에서 저는 두 분의 큰 격려를 받았습니다. 그래서 저의 인생이 달라지게 되었습니다. 한 분은 하나님이시고, 또 다른 분은 스승이신 윤이흠 교수님이십니다. 2학년 개

강 첫날을 저는 지금도 잊을 수가 없습니다. 아주 특별한 사건이 있었고, 삶을 변화시켜 주는 계기가 되었습니다. 자세한 내용은 본문에서 전해 드리겠습니다.

이 세상에서 제 아무리 잘난 사람이라도 독불장군은 없습니다. 인간은 모두가 허물 많고 나약하고 연약한 존재입니다. 인간은 따뜻한 격려와 사랑 없이는 정상적으로 살 수 없는 존재입니다. 왜냐하면 인간은 서로 의지하고 사랑하고 격려하며 사는 존재로 만들어졌기 때문입니다. 그러한 존재 방식을 거부하게 되면 그때부터 인간의 삶은 불행해지게 됩니다. 수단과 방법을 가리지 않고 목표한 돈을 벌게 되면 과연 행복할까요? 결코 그렇지 않습니다.

제가 이 책을 쓴 가장 큰 이유는 공부와 여러 문제들로 지쳐 있고 힘들어하는 후배들에게 따뜻한 격려를 주기 위함입니다. 지치고 힘든 후배들이 다시 뜻을 정해 새로운 희망을 향해 나아가기를 바라는 마음에서 저 역시 몸은 아프지만 꾹 참고 한 줄 한 줄 써 내려갔습니다.

이 책은 청소년 시절 겪게 되는 다양한 시험과 시련들을 어떻게 극복하고 견디어 낼지에 대해 하루 단위로 쓰여진 책입니다. 매일매일 이 책을 통해 마음관리를 한다면 새롭게 자신을 돌아보고 자신의 희망을 향해 다시 나아갈 수 있게 될 것입니다.

특히 『다니엘학습 실천법』(중학생용, 고등학생용)을 보면서 일주일 단위로 공부하는 학생들이 이 책과 함께 마음관리를 한다면 큰 도움을 받게 될 것입니다. 매일 아침, 그날에 해당하는 글을 보면서 마음을 관리하고 그날 계획을 1시간 단위로 짜면 됩니다. 특별히 마음관리법 이외에도 학업관리법까지 기록되어 있기에 하루 단위 학습 계획을 세우는 데 사용하면 큰 도움이 될 것입니다.

성경에 보면 무릇 지킬 만한 것보다 더욱더 마음을 지키라고 했습니다. 왜냐하면 생명의 근원이 여기에서 나오기 때문입니다. 사람의 마음이 한 번 상하면 그것을 치유하기가 매우 어렵습니다. 청소년 시절은 감수성이 민감한 때이기에 주변의 말로 마음을 상하기가 쉽습니다. 쉽게 상처받고 또한 마음을 닫기도 쉽습니다. 어쩌면 이 글을 보는 후배들 중에서 여러 이유로 인해 마음을 굳게 닫은 친구들도 있을 것입니다. 상처 난 마음을 회복하고 다시금 새살이 돋게 하기 위해서는 따뜻한 격려와 사랑이 필요합니다. 그런 학생들에게 다시금 용기와 희망을 주기 위해 이 책을 썼습니다.

이 책에는 지친 청소년들을 위로하고 격려하기 위한 다양한 글들이 들어 있습니다. 매일매일 마음관리를 위한 365개의 기본 글들이 있고, 주변의 판단으로 낙심할 때, 실패를 경험했을 때, 슬픔을 극복하고 싶을 때, 격려가 필요할 때 등의 경우에 도움이 되는 글들, 그리고 수능, 중간·기말고사 30일 전부터 어떻게 마음관리하고 시험을 준비해야 하는가에 대한 글들도 실었습니다. 청소년 시절 겪게 되는 수많은 상황 속에서 마음이 병들지 않고 건강하도록 지켜 낼 수 있게 돕는 글들입니다.

사람을 변화시킬 수 있는 것은 비판과 비난과 정죄가 아닙니다. 마음이 담긴 따뜻한 격려와 위로가 사람을 변화시킬 수 있습니다. 여러분이 이 책을 통해 마음이 따뜻해지고 위로와 힘을 얻었으면 좋겠습니다.

오늘 한국에는 자신만의 성공을 위해 수단과 방법을 가리지 않고 이기적으로 공부하는 사람들이 많습니다. 그러나 그런 사람들이 세상을 살기 좋게 만들지는 않습니다. 여러분들은 탁월한 실력과 함께 마음을 건강하게 관리하십시오. 인격과 실력이 겸비된 탁월한 리더가 되십시오. 청소년 시절부터 마음의 힘을 기르는 데 힘쓰십시오. 마음이 따뜻하며 자기 분야에서 실력을 겸비한 훌륭한 리더가 세상을 보다 살기 좋은 사회로 만들 수 있습니다. 그러기 위해 공부하는 것도 열심히 해야 하지만 건강한 인격을 위한 마음관리도 꼭 함께 하기를 간절히 부탁드립니다.

이 책을 쓰기 위해 전 세계 동서양의 책들을 두루 보았습니다. 그리고 우리 청소년들의 눈높이에 맞추어 이야기를 다시 쓰고, 우리 친구들의 언어로 다시 표현했습니다. 매일매일 마음관리와 함께 학습관리도 할 수 있게 배려했습니다. 오랜 시간의 힘든 과정이었지만 제 자신이 먼저 큰 깨달음을 얻을 수 있는 귀중한 시간들이었습니다.

이 책을 쓰는 과정에서 한 가지 알게 된 것은 소위 선진국이라는 나라에는 청소년 시절, 마음관리를 할 수 있는 대표적인 책들이 있는 데 반하여 한국에는 전무하다는 사실이었습니다. 한국 청소년들의 눈높이와 상황에 맞춘 마음관리 책들이 없다는 사실에 씁쓸했습니다. 제가 중·고등학교 시절에도 없었는데 지금도 여전히 없다는 사실이 참 아쉽습니다.

부족한 책이지만 이 책이 계기가 되어 앞으로는 청소년들을 위한, 청소년의 눈높이에 맞춘 더 좋은 책들이 많이 나오길 소원합니다. 그리고 저 역시 그런 책들을 쓰는 사람이 되고 싶습니다. 이 책이 『다니엘 건강관리법』과 함께 여러분의 청소년 시절 보다 좋은 인생의 가이드가 되기를 소원합니다.

이 책이 나오기까지 수고해 주신 고즈윈 고세규 사장님께 감사드립니다. 『다니엘학습 실천법』을 잘 편집해 주셨고, 이 책까지 맡아 주셨습니다. 잘 팔리는 책보다 청소년들에게 꿈을 주는 좋은 책으로 만드는 게 더 중요하다는 이야기가 아직도 머릿속에서 떠나지 않습니다. 귀한 편집 진심으로 감사드럽니다.

　올해 이제 서른이 되었습니다. 열아홉 때부터니까 아픈 지도 이제 십일 년이 되었습니다. 그동안 병으로 인해 할 수 있는 것보다 할 수 없는 것이 더 많았습니다. 지금은 병이 퇴행성 디스크로 진행되어 현대 의학으로도 완치 불가능하다는 판정을 받았고 한평생 병과 지내야 하는 상황이 되었습니다. '왜 하필 나에게 이런 일이 생겨야 할까?' 참 많이 생각했습니다. 요즘도 매일 아침에 눈을 뜨면 통증과의 한판 승부를 잠자리에 들 때까지 벌입니다. 어느 때는 너무 지쳐서 그냥 모든 것을 다 포기하고 하늘나라에 가고 싶을 때도 있지만 나의 상황을 있는 그대로 받아들이고 이 가운데서 내가 할 수 있는 일을 찾으려고 몸부림칩니다.

　나같이 몸이 아픈 사람도 부족하지만 뜻을 정해 최선을 다해 살려고 노력하면 서울대 수석 졸업도 할 수 있고 책을 써서 도움을 줄 수도 있습니다. 여러분들 중에서 어려운 상황에 놓여 힘들어 하고 있는 친구들이 있다면 한 번 더 힘을 내세요. 저처럼 아픈 사람도 열심히 살려고 한답니다. 아무리 힘들어도 한 번 더 힘을 내십시오. 뜻이 있는 곳에 길이 있습니다. 절대로 쉽게 포기하지 마십시오.

　지금도 건강한 사람들을 보면 부러울 때가 많지만 그래도 나에게 남겨진 것들을 더욱 소중히 여기며 살아가려고 합니다. 역경과 고난이 없는 삶이 축복이 아니라, 역경과 고난 속에서 그것을 견디고 이겨 내는 것이 더욱 값진 삶이라는 것을 조금씩 배워가고 있습니다. 건강을 잃으면 가장 불행한 사람이라고 하는데 그런 기준에서 보면 저는 세상에서 가장 불행한 사람일 것입니다. 하지만 저는 꿈이 있습니다. 그러기에 힘들지만 매일 병과의 싸움도 참아 낼 수 있습니다.

여러 가지 이유로 인해 힘들어 하는 청소년들에게 따뜻한 격려와 희망을 줄 수 있는 글을 쓰는 것이 저의 바람입니다.

이 책을 보는 사랑하는 어린 후배들이 내가 했던 실수와 시행착오를 줄여 마음이 따뜻한 실력자로 자라길 간절히 소원하며 기도합니다. 부디 그렇게 자라나십시오. 그래서 대한민국을 좀더 사람 냄새 나고, 정이 넘치는 나라로 만들어 주십시오.

오랫동안 병들고 유약한 자식을 위해 지금까지 사랑과 눈물로 키워 주신 어머니께 진심으로 감사의 말씀을 드립니다. 그리고 교통사고 후유증으로 다리를 저시면서도 부족한 자식 뒷바라지를 위해 예순이 넘은 나이에도 지금까지 묵묵히 일하시는 아버지께 고개 숙여 감사드립니다. 두 분께 진심으로 감사드립니다.

끝으로 나같이 연약하고 병들고 허물 많은 죄인, 너무 힘들어 좌절하고 희망을 포기하고자 할 때마다, 내가 연약하면 연약할수록, 바다으로 한없이 내려가면 내려갈수록, 못나면 못날수록, 죄를 지으면 지을수록, 그런 나를 변함없이 따스하게 대해 주시고 격려해 주시고, 있는 그대로 받아주시고 사랑해 주시는 하나님께 감사드립니다. 그분의 사랑이 있기에 연약하고 허물과 죄악 덩어리인 저도 감히 한 걸음 한 걸음씩 희망을 향해 나아갈 수 있음을 고백합니다. 하나님 정말 감사해요. 감사해요.

2004년 11월
김동환

3월의 이야기

2부   33가지 상황별 마음관리법 (1-11)

지금이 시작입니다. 시작했다가 실패하면 다시 뜻을 정해 시작하면 됩니다. 소중한 가능성을 환경만 탓하다가 그냥 흘려보내지 마십시오.

1부

진정한 사랑만큼 소중한 것은 없습니다

1월의 이야기

인생이라는 긴 여정에서 우리를 절망에 빠뜨리는 것은
대단한 것이 아닙니다. 그저 목표에 도달하기 위해서 인
내라는 덕목을 갖추십시오. 그것이 여러분 내면에 숨어
있는 능력을 끌어내 빛을 발하게 할 것입니다.

할머니의 안경-너와 내 안의 좋은 점 보기

한 소년이 자기 친구에게 이렇게 말했습니다.

"나는 늙으면 우리 할머니 것과 똑같은 안경을 쓸 거야. 왜냐하면 할머니는 다른 사람보다 훨씬 더 많은 것을 보실 수 있거든. 다른 사람들이 사람의 나쁜 점만 볼 때 우리 할머니는 그 사람의 좋은 점을 보실 수 있어. 할머니는 또 그 사람이 하지 않은 좋은 일까지도 그 사람은 할 수 있다고 보실 줄 아시지. 그래서 하루는 내가 할머니께 여쭈어 보았어. 할머니는 어떻게 그렇게 좋은 점들만 보실 수 있느냐고 말이야. 그랬더니 할머니는 연세가 드시면서 모든 것들을 그런 식으로 보시게 되었다는 거야. 그래서 나도 나이가 들면, 우리 할머니와 똑같은 안경을 쓰고 싶어. 나도 그렇게 좋은 것만 볼 수 있게 말이야."

우리가 모두 할머니의 안경을 끼고 있다면 이 세상이 얼마나 많이 달라질까요. 나는 당신 안에서, 당신은 내 안에서 좋은 점을 보려 할 테니 우리 모두의 삶이 훨씬 더 즐거워질 것입니다.

사랑하는 후배들에게 꼭 하고픈 이야기가 있습니다. 오늘부터 뜻을 정하여 할머니의 안경을 끼고 살기를 바랍니다. 새해에 세운 수많은 결심이 있을 것입니다. 그 결심들 가운데 할머니의 안경을 끼고 살겠다는 결심을 우선순위에 포함시켜 주십시오. 후배들이 그렇게 하는 순간부터 대한민국은 달라지기 시작할 것입니다.

사람은 완벽할 수 없으며 누구나 장단점을 가지고 있습니다. 나와 타인의 장점을 보고 그것을 더욱 계발시켜 나가십시오. 단점만 보기 시작하면 악순환만 반복되게 마련입니다.

이제 새해가 시작되었습니다. 오늘부터 더욱더 뜻을 정해 겨울방학 계획을 묵묵히 실천해 나가기를 부탁드립니다.

모두들 힘내세요. 그리고 새해 복 많이 받으세요!

진정으로 꿈과 희망을 이루는 방법

공부하는 자는 그 생각과 포부가 원대하지 않으면 안 된다. 그러나 실행할 때는 모름지기 자신의 역량을 헤아려 점진적으로 해야 한다. 뜻이 커 마음이 수고로우며, 힘은 적은데 소임이 무겁다면 결국 일을 그르치고 말 것이다.

정자程子

이것은 중국 송나라의 성리학자 정자의 이야기입니다. 제 마음에 들어 두고두고 생각하려는 이야기입니다.

공부를 잘하고 싶은 마음을 가진 학생이라면 누구나 '올해는 정말 열심히 공부해서 학교 성적을 잘 받을 거야. 나도 우등생이 되어야지' 하고 생각합니다. 이렇게 생각하는 많은 학생들은 원대한 공부 계획을 세우게 됩니다. 그런데 정말 중요한 것은 자신의 목표를 이루기 위해서는 아주 구체적이면서도 치밀한 공부 계획이 필요하다는 것입니다.

자신의 현재 공부 습관과 역량을 생각하지 않고 원대한 목표를 이루기 위해 무조건 거창한 계획만을 세우면 어떻게 될까요? 금세 계획에 차질이 생기게 될 것입니다. 이런 방식이 잘못된 것인 줄 알면서도 우리는 매년 원대한 목표를 위해 지금 당장 실천 불가능한, 무리한 계획을 세웁니다. 그러다가 좌절하고, 원대한 목표는 포기하게 됩니다. 이런 방식은 좋지 않습니다. 왜냐하면 우리의 큰 꿈과 희망을 금세 포기하게 만들기 때문입니다.

원대한 목표를 포기하지 않고 조금씩 이루어 나갈 수 있는 나만의 계획이 필요합니다. 그러기 위해서는 현재의 나를 정확하게 파악할 필요가 있습니다. 하루에 몇 시간을 자야 정상적인 생활이 가능한지 알아야 합니다. 지금 책상에 앉으면 최소 몇 분 동안 집중할 수 있는지 정확하게 알고 있어야 합니다.

현재 나의 몸 상태, 마음 상태, 공부 실력 등 총체적인 나 자신을 점검해 보십시오. 현재의 나를 최대한 정교하게 바로 알면 알수록 원대한 목표를 실제적으로 이룰 수 있는 구체적인 계획이 나올 수 있습니다.

현재 나의 모습이 여러분이 생각하는 것보다 뛰어나지 않을 수도 있습니다. 하지만 괜찮습니다. 앞으로 얼마든지 발전할 가능성이 여러분들에게는 무궁무진하기 때문입니다.

조급해 하지 마십시오. 중요한 것은 현재의 나를 인정하고 나에게 맞는 실천 가능한 계획을 세우는 일입니다.

더 이상 지체 말고 오늘 당장 나 자신을 점검하십시오. 그리고 내가 현재 실천할 수 있는 계획을 세우고 묵묵히 실천해 나가십시오. 반드시 여러분의 꿈과 희망은 이루어질 것입니다.

　결코 포기하지 마십시오. 느리지만 묵묵히 인내하며 준비하면, 아무리 원대한 꿈과 목표라 할지라도 이루어지게 됩니다.

　오늘도 힘내세요.

|1월 3일|
게으름 1

나는 일하러 갈 수 없다. 내가 만일 밖에 나가면 거리에서 사자에게 찢겨 죽을 것이다.

「잠언」 22 : 13

게으른 사람은 곧잘 이렇게 변명합니다.

　겨울방학이 시작된 지도 이제 열흘 정도가 흘렀습니다. 새해가 시작된 지도 3일이 지났습니다. '올 한 해는 열심히 알차게 보내야지' 하며 야무진 계획을 세우셨을 것입니다. 그 계획대로 잘 지키고 계신가요? 너무 무리한 계획을 세워 벌써 자포자기하지는 않았나요? 아니면 게으름에게 또 마음을 빼앗기고 있지는 않나요?

오늘 이야기한 잠언 구절을 중학교 때 보았을 때는 너무 과장된 이야기가 아닌가 하는 생각이 들었습니다. 그런데 대학을 졸업한 지금 돌이켜 보니 이 이야기가 결코 과장이 아니란 것을 알았습니다. 게으름은 처음에는 사소한 부분부터 찾아옵니다. 가령 '방 치우는 것 하루 이틀 좀 안 하면 어때, 시험 끝났는데 좀더 놀다가 공부해야지', '방학인데 좀 쉬어야지' 하면서 하루 이틀 게으름과 친해지다 보면 점점 게으름은 내 삶을 장악해 나가기 시작합니다.

제가 아는 심하게 게으른 사람은 배가 고픈데도 냉장고 문 열기가 귀찮아서 밥을 먹지 않는다고 합니다. 배가 너무 고파 자장면을 먹고 싶은데도 전화 걸기가 귀찮아 하지 않는 사람도 있습니다. 게으름이 더욱 심해진 경우가 바로 앞에서 말한 잠언에 나오는 이야기입니다.

"일하고 싶은데 내가 일하러 나가면 사자를 만나 죽을지도 몰라."

한 달 내내 공부하지 않다가 누군가가 공부하라는 말에 이 사람은 이렇게 이야기할 수도 있습니다.

"내내 공부 안 하다가 갑자기 공부하면 스트레스 받아서 죽을지도 몰라."

여러분은 지금 얼마만큼 게으름에게 장악당하고 계신가요? 10% 아니면 20%?

게으름을 힘으로 이길 사람은 아무도 없습니다. 게으름을 이기는 최선의 방법은 오직 초반 승부에 전력을 다해 승부하는 것입니다. 슬금슬금 게으름이 찾아오면 바로 온 힘을 다해 소리를 버럭 지르십시오. 있는 힘껏 마음의 몽둥이로 내리치십시오. 그리고 게으름에게 두 번 다시 네가 찾아올 곳이 아니라고 선포하십시오.

올 한 해 결코 게으름에게 장악당하지 마십시오.

여러분의 건승을 빕니다.

아직 포기할 때가 아니다

등단한 지 20년이 지나도록 로버트 프로스트^{Robert L. Frost}는 문학과 관련해서는 실패자였습니다. 친구들과 이웃들, 그리고 출판업자들도 그를 실패자로 보았습니다. 그는 작품을 인정받고 또한 출판하기 위해 외롭고 힘겹게 싸웠습니다. 그러나 그에게는 결코 기회가 주어질 것 같지 않았습니다.

"나를 시인이라고 생각하는 사람은 나 말고는 아무도 없어."

그러나 이제 세상은 프로스트를 기리고 있으며, 그는 가장 위대한 미국 시인 가운데 한 사람으로 우뚝 서 있습니다. 그의 시집은 스물두 나라말로 번역되었고, 미국에서 출간된 시집은 100만 부 이상이나 팔렸습니다. 프로스트는 어떤 문학인보다도 호평을 받았고, 퓰리처상을 네 번이나 받았습니다.

첫 시집을 출판했을 때 그는 이미 39세였습니다. 20여 년의 세월 동안. 그의 글은 계속 퇴짜를 맞았습니다. 그러나 그는 글쓰기를 멈추지 않고 계속 써 냈죠. 끝내 그의 인내는 보답을 받았습니다. 오늘의 우리는 로버트 프로스트의 작품 덕분에 세상이 좀더 지혜로워졌고, 풍요로워졌다고 말할 수 있습니다.

저명한 정신과 의사인 조지 크레인 박사는 최근 위대한 사람이 갖추어야 할 덕목을 발표했습니다. 그가 주목한 덕목들 가운데 몇 가지는 재능이나 책임감 등 우리가 예상할 수 있는 것들입니다. 그러나 의외로 그는 육체적인 인내 또한 필요하다고 말했습니다. 인생의 후반부까지 필생의 목표를 이루기 위해서는 무엇보다도 끈기가 필요하다는 이야기입니다.

인생이라는 긴 여정에서 우리를 절망에 빠뜨리는 것들은 대단한 것이 아닙니다. 우리가 목표에 도달하려 한다면, 먼저 인내라는 덕목을 갖추십시오. 그것은 충분히 그럴 만한 가치가 있으며, 결국 여러분은 그것으로 인하여 빛을 발할 것입니다.

인내심은 영혼의 영역에도 마찬가지로 적용됩니다. 여러분이 21세기 따뜻한 마음과 탁월한 실력을 겸비한 진정한 엘리트가 되기 위해서는 영혼의 오래 참음이 반드시 필요합니다.

겨울방학인데 공부하느라 무척 힘드시죠? 20년간 실패를 참고 묵묵히 도전한 프로스트를 생각하면서 지금 힘든 상황과 현실에 지지 마십시오. 도중에 포기하지 마세요. 너무 힘들어 잠시 쉴 수는 있어도 포기는 안 됩니다.

프로스트의 대표시 '걸어 보지 못한 길The Road Not Taken' ('가지 않은 길'로도 알려져 있습니다)을 함께 읽어 보도록 해요. 인생에서 선택의 문제와 선택하지 않은 길에 대한 아쉬움에 대해 쓴 멋진 시입니다. 여러 번역이 있는데, 정현종 교수님의 글로 골라 보았습니다.

걸어 보지 못한 길

단풍 든 숲 속에 두 갈래 길이 있더군요.
몸이 하나니 두 길을 다 가 볼 수는 없어
나는 서운한 마음으로 한참 서서
잣나무 숲 속으로 접어든 한쪽 길을
끝간 데까지 바라보았습니다.

그러다가 또 하나의 길을 택했습니다.
먼저 길과 똑같이 아름답고,
아마 더 나은 듯도 했지요.
풀이 더 무성하고 사람을 부르는 듯했으니까요.
사람이 밟은 흔적은
먼저 길과 비슷하기는 했지만,
서리 내린 낙엽 위에는 아무 발자국도 없고
두 길은 그날 아침 똑같이 놓여 있었습니다.
아, 먼저 길은 한번 가면 어떤지 알고 있으니
다시 보기 어려우리라 여기면서도.
오랜 세월이 흐른 다음
나는 한숨 지으며 이야기하겠지요.
"두 갈래 길이 숲 속으로 나 있었다, 그래서 나는 – 사람이
덜 밟은 길을 택했고, 그것이 내 운명을 바꾸어 놓았다"라고.

Two roads diverged in a yellow wood,
And sorry I could not travel both
And be one traveler, long I stood
And looked down one as far as I could
To where it bent in the undergrowth;

Then took the other, as just as fair,
And having perhaps the better claim,
Because it was grassy and wanted wear;
Though as for that the passing there
Had worn them really about the same,
And both that morning equally lay
In leaves no step had trodden black.
Oh, I kept the first for another day!
Yet knowing how way leads on to way,
I doubted if I should ever come back.
I shall be telling this with a sigh
Somewhere ages and ages hence:
Two roads diverged in a wood, and I-
I took the one less traveled by,
And that has made all the difference.

사랑이 필요합니다

어떤 사람이 광고를 써 붙였습니다.

'강아지 세일'

강아지를 보러 온 사람들 중에 한 소년이 있었습니다.

"저, 아저씨, 강아지가 너무 비싸지 않으면 저도 한 마리 사고 싶은데요."

소년은 말했습니다.

"글쎄다, 이 강아지들은 1만 원씩인데."

"저는 겨우 1,600원밖에 없는데, 구경만 해도 될까요?"

"그럼, 얼마든지 보렴. 누가 아니? 아저씨가 그 값에 줄지?"

아이는 다섯 마리의 복슬강아지들을 죽 훑어보더니,

"제가 들으니까 이 중에 한 마리가 다리를 잘 못쓴다고 하던데요"라고 말했다.

"그래."

"그게 제가 갖고 싶어 하던 강아지예요. 그 강아지 값을 조금씩 갚아 나가면 안 될까요?"

"그렇지만 항상 다리를 절 텐데."

그 말을 들은 소년은 싱긋 웃으며 바지 한쪽을 걷어 올리더니 다리에 부착되어 있는 조임쇠를 보여 주었습니다.

"저도 잘 걷지 못해요"라고 말하며, 그 강아지를 불쌍하다는 듯 쳐다보았습니다.

"저 강아지는 많은 사랑과 보살핌이 필요할 것 같아요. 저도 그랬거든요. 절름발이로 사는 것은 쉬운 일이 아니니까요."

"그래, 가지고 가라. 너라면 이 강아지를 잘 보살필 수 있을 거다. 돈은 내지 않아도 된다." 하여 주인은 강아지를 선뜻 내주었습니다.

소년은 자신이 절름발이였기 때문에 그 강아지를 측은하게 볼 수 있었습니다.

우리가 당하는 고난과 어려움을 통해 큰 사랑을 할 수 있는 사람으로 준비됨을 늘 잊지 마십시오.

하루하루 공부한다는 것이 쉽지는 않습니다. 그렇지만 참고 노력할 만한 가치는 충분합니다. 여러분에게 주어진 귀한 시간 아껴 쓰기를 부탁드립니다.

겨울철 건강관리 잘 하세요!

지혜의 소중함 1

어리석은 자들은 제 고집대로 하다가 죽을 것이며 미련한 자들은
자만하다가 망할 것이지만 내 말을 듣는 자들은 아무 두려움 없이
편안하고 안전하게 살 것이다.

「잠언」 1 : 32∼33

지혜와 깨달음을 가진 자는 행복하다.
그것이 은이나 금보다 더 가치 있고 유익하기 때문이다.
지혜는 보석보다 더 귀한 것이므로 네가 갖고 싶어 하는 그 어떤
것도 이것과 비교가 되지 않는다.
그 오른손에는 장수가 있고 그 왼손에는 부귀가 있으니
그 길은 즐거움과 평안의 길이다.
지혜는 그것을 얻은 자에게 생명나무와도 같은 것이다.
그래서 지혜를 가진 자가 복이 있다.

「잠언」 3 : 13∼18

지혜의 가르침에 민감한 사람이 되도록 힘쓰십시오. 아무
리 강조해도 지나치지 않는 조언입니다.

추운 1월의 어느 아침, 위스콘신 주 북부의 슈피리어 호 남쪽 연안의 작은 마을에서 있었던 일입니다.

해마다 호수 위에서 열리는 개 썰매 경기가 토요일에 시작되었습니다. 1마일 거리의 코스는 빙판 위에 작은 전나무들을 박아 마련되었습니다. 호수 옆에 있는 언덕은 경사가 급해서, 그 위에 서면 코스 전체를 다 볼 수 있었습니다.

그것은 청소년들의 경기였습니다. 참가 팀은 여러 마리의 개가 끄는 커다란 썰매를 가진 덩치 큰 청년들부터, 개 한 마리를 매단 자그마한 썰매를 가진 여섯 살 가량의 어린이까지 다양했습니다.

출발 신호가 울리자마자 모두들 앞 다투어 달려 나갔지만, 그 꼬마는 눈에 띄게 뒤쳐졌습니다. 다른 팀과 너무도 멀리 떨어져 있어 마치 혼자 달리는 것 같았습니다.

코스를 반가량 지날 때까지는 모두 다 잘 달렸습니다. 그러나 그즈음 2위를 달리던 팀이 선두 팀을 따라잡기 시작했고, 2위 팀이 선두 팀에게 지나치게 바짝 붙어 결국 개들이 서로 싸우기 시작했습니다. 각 팀들이 도착하면서 다른 팀 개들도 싸움에 휘말렸습니다. 아무도 상황을 통제하지 못했고, 곧 경기는 난장판이 되었습니다. 개들은 서로 물어뜯고 짖어대며 나뒹굴었고, 썰매와 선수들도 함께 뒤범벅이 되었습니다.

선수들은 그 난장판 가운데서 개들을 떼어 놓으려고 무진 애를 썼습니다. 소년들은 알래스카인 특유의 쉰 목소리로 소리를 질러대고 호각을 불며 있는 힘껏 싸움을 말렸습니다. 정말 난장판이었습니다.

구경꾼들이 있는 자리에서 얼핏 보면, 그 모습은 선수들과 썰매, 개들의 거대한 소용돌이 같았습니다. 그때 아주 작은 개가 끄는 썰매에 탄 꼬마가 이들에게 다가가는 것이 보였습니다. 그 꼬마는 간단하게 개를 몰아 이 난장판을 돌아 지나갔습니다. 아무도 못한 일을 그 소년 혼자 해내었습니다. 아이는 군중들의 환호 가운데 1등을 했으며, 유일한 완주자가 되었습니다.

결승선에서의 인터뷰에서 "어떻게 해냈냐"고 묻자 소년의 대답은 의외로 간단했습니다.

"전 계속 달렸을 뿐이고요, 또 내 개가 싸우지 않게 했어요. 그게 다예요!"

가끔 중학생들과 대화를 하다 보면 깜짝 놀랄 때가 있습니다.

"선생님, 저 이제 공부 포기했어요. 공부하기가 지긋지긋해요."

공부하는 것이 쉬운 일은 분명 아닙니다. 그런데 중학교 2학년이 벌써 공부를 포기한다는 것은 이른 일입니다. 고등학생들도 마찬가지입니다. 현재 내가 할 수 있는 일에 묵묵히 집중하십시오. 지나간 시간에 연연하지 말고 남은 시간을 비옥하게 가꾸십시오.

겨울방학이 길다고 방심하면 안 됩니다. 방심한 순간 시간은 금세 지나갑니다. 마음을 단단히 동여매십시오.

오늘부터 다시 시작입니다.

진정한 리더는 누구일까

옛날 아일랜드에 한 왕이 있었습니다. 그에게는 왕위를 물려줄 후계자가 없었습니다. 왕은 고민 끝에 전령을 보내 방방곡곡에 방(榜)을 붙이게 했습니다. 자질 있는 모든 젊은이는 왕위 계승 후보이며 왕과 면담할 수 있다는 내용이었습니다. 단, 지원자는 하나님과 이웃을 내 몸처럼 사랑해야 했습니다.

이 전설의 주인공인 젊은이는 자신이 하나님과 이웃을 사랑한다고 생각했습니다. 그러나 한 가지 마음에 걸리는 게 있었습니다. 그건 워낙 가난해서 왕 앞에 입고 나갈 만한 옷이 없다는 것이었습니다. 그래서 여기저기서 빌리기도 하고 허드렛일도 해서 적당한 옷을 갖출 만한 돈을 구했습니다.

옷이 갖추어지자, 그는 드디어 길을 떠났습니다.

그러던 어느 날, 길가에서 거지와 마주쳤습니다. 거지는 다 떨어진 누더기를 걸친 채 그에게 애원했습니다.

"선생님, 전 너무나 배가 고프고 추워요. 제발, 제발 절 도와주세요.

그는 거지의 처지가 하도 불쌍해서, 자신의 새 옷과 거지의 넝마를 맞바꾸어 입고 남겨 두었던 음식까지 몽땅 주었습니다.

그는 잠깐 망설였지만 거지의 누더기를 걸친 채 궁궐로 향했습니다. 그가 궁궐에 도착하자 왕의 시종들은 커다란 거실에서 그를 맞이했습니다. 잠시 뒤, 왕이 있는 방으로 안내되었습니다.

그는 머리를 조아려 경의를 표했습니다. 그리고 고개를 들었을 때 그는 놀라 숨이 넘어갈 뻔했습니다.

"아니, 다, 당신은… 당신은 그 거지가 아닙니까?"

"그렇다네" 하고 왕은 미소를 띠고 대답했습니다.

"내가 그 거지였다네."

젊은이는 겨우 진정을 하고 더듬거리며 말했습니다. "그, 그렇지만 당신은 거지인데…. 당신은 진짜로 왕이시군요! 어찌 된 일입니까?"

"내가 거지로 변장했던 건 젊은이들이 진실로 하나님과 이웃을 사랑하는지를 알아내야 했기 때문이었네."

왕이 대답했습니다.

"우리가 지금처럼 만났다면 자네가 다른 사람을 진정으로 사랑하는지 결코 알 수 없었을 걸세. 그래서 나는 책략을 썼던 거야. 자네가 진정으로 하나님과 이웃을 사랑하는 것을 알았네. 자네가 내 후계자가 되어서 다음 왕이 되어 주게나. 이 왕궁은 이제 자네 것일세!"

진정한 리더는 실력만으로는 부족합니다. 수많은 사람을

세우고 이끌 준비된 인격이 필요합니다. 나에게 이익이 되는 사람들에게만 친절하지 말고 어려운 이웃들에게 선한 이웃이 되어 주십시오. 따뜻한 마음과 탁월한 실력, 모두 겸비하십시오. 어느 하나라도 소홀히 하지 마십시오.

오늘부터 내가 먼저 선한 이웃이 되겠다고 다짐하기를 부탁드립니다. 여러분의 결심이 세상을 밝혀 줄 것입니다. 여러분이 21세기 한국을 더 살기 좋고 정이 넘치는 사회로 만드는 주인공입니다.

| 1월 9일 |
정직하여라

정직하고 흠 없이 사는 사람들은 이 땅에서 살아남을 것이지만 악하고 신실치 못한 자들은 이 땅에서 뿌리째 뽑혀 사라질 것이다.

「잠언」 2 : 21~22

부정한 방법으로 얻은 재물은 아무 유익이 없어도 정직은 생명을 구한다. 「잠언」 10 : 2

요즘 우리에게 정직하라는 충고는 손해를 보며 살라는 말과 같습니다. 그러나 그것은 결코 사실이 아닙니다. 정직한 사람의 진가는 반드시 드러나기 때문입니다. 당장 손해가 될 것 같아도 정직하십시오. 그것이 진정한 성공의 지름길입니다.

|1월 10일|
함께 이기는 법

여러분은 윈 - 윈win-win을 알고 있을 것입니다. 윈 - 윈을 추구하기 위해서는 모두 함께 성공할 수 있다는 믿음이 있어야 합니다. 이것은 '나는 널 밟고 올라서지 않겠고 너의 발판이 되어 주지도 않겠다' 라는 자세입니다. 멋진 모습이기도 하지만 힘든 일이기도 합니다. 그리고 다른 사람들을 배려하고, 잘되기를 바라는 동시에, 자신의 일도 잘 해내야 합니다.

또 하나 성공에 이르는 길이 아주 다양하다는 사실을 알아야 합니다. '너 아니면 나' 가 아니라 '둘이 함께' 라는 정신이 필요합니다. 누가 더 많이 먹느냐가 중요한 것이 아닙니다. 모두가 배불리 먹을 수 있을 만큼 음식은 충분합니다. 위대한 리더십 교육자 스티븐 코비Stephen R. Covey 박사의 말대로 '뷔페' 인 것입니다.

다음은 어느 한 친구의 윈 – 윈의 힘을 깨달은 이야기입니다.

"고등학교에 다닐 때 저는 농구 선수였어요. 또래의 다른 아이들보다 실력도 뛰어났고, 키도 컸기 때문에 2학년때부터 주전으로 뛸 수 있었죠. 같은 반 벤이라는 아이도 함께 주전으로 뛰었습니다.

나의 강점은 중거리 슛이었어요. 매 경기마다 3점 슛을 5개 정도는 성공시켰는데, 그걸로 주목을 받았죠. 그런데 벤은 내가 주목받는 게 싫었는지, 나한테 패스를 해 주지 않는 거예요. 공도 못 만져 보는데 어떻게 슛을 던질 수 있었겠어요?

한번은 시합을 마친 후에, 화가 머리끝까지 나서 몇 시간 동안 아버지한테 다 이야기를 했어요. '벤은 동료가 아니라 적이라고' 말이에요.

한참 동안의 대화 끝에, 아버지는 다음부터는 내가 꼭 벤에게 패스를 해 주는 것이 좋겠다고 말씀하셨습니다. 처음에는 어리석은 말이라고 생각했어요. 하지만 아버지는 그렇게 하는 것이 효과가 있으니 생각해 보라고 하셨습니다. 그래도 나는 이해할 수가 없었어요. 아버지의 말은 염두에 둘 필요가 없다고 생각했죠.

다음 시합에서 저는 벤을 완전히 망쳐 놓기로 결심하고, 계획까지 다 세워 놓았습니다. 그런데 공을 잡았을 때, 아버지의 목소리가 들리는 것 아니겠어요? 아무리 시합에만 열중하려 해도 패스하라는 아버지의 큰 목소리가 쟁쟁 울려 왔어요. 잠간 머뭇거렸지만 결국은 옳다고 생각하는 일을 했어요. 직접 슛을 할 수도 있었지만 벤에게 패스를 한 것이죠. 벤은 흠칫 놀라더니 곧 멋진 터닝슛을 성공시켜서 득점을 올렸어요. 수비를 위해 백코트하면서, 이전에는 느낄 수 없었던 기분을 느꼈어요. 남이 잘되는 것을 보았을 때 느끼는 진정한 기쁨이었죠. 게다가 그 패스 때문에 시합에서도 앞설 수 있었습니다. 전·후반 내내 벤에게 패스를 해 주었고, 약속된 플레이나 완전한 기회에서만 직접 슛을 했습니다.

결국 우리는 시합에서 이겼어요. 그리고 다음 시합부터는 벤이 나에게 패스를 하기 시작했습니다. 팀워크가 살아날수록 우리들의 우정은 튼튼해졌고, 그해에 있었던 시합에서 우리 팀은 많은 승리를 거둘 수 있었습니다. 우리 둘은 멋진 콤비가 되었죠. 지역 신문에 둘의 호흡이 너무 잘 맞는다는 기사까지 실렸습니다. 그해에 제 평균 득점도 높아졌지요."

보는 바와 같이 윈-윈을 추구하는 태도는 항상 새로운 가치를 만들어 냅니다. 음식이 동나지 않는 뷔페와 같습니다.

앞 친구의 이야기처럼, 타인의 잘됨은 나의 잘됨을 동반합니다. 그들이 개인 플레이만 고집했을 때보다 훨씬 많은 득점을 올릴 수 있었고, 더 많은 승리를 거두었으니까요.

윈-윈을 추구하는 방법은 여러분이 생각하는 것보다 훨씬 많습니다. 다음 예를 보세요.

- 학생회의 임원으로 선출되어, 인기가 없는 아이나 따돌림을 당하는 아이들까지 골고루 신경을 씁니다.
- 대학 시험에 불합격해도 친구가 합격하면 진심으로 축하해 줍니다.
- 나는 저녁 먹으러 가고 싶은데, 친구는 영화를 보고 싶어 합니다. 그럴 때는 비디오를 빌리고, 음식을 사 와서 집에서 시간을 보냅니다.

청소년 시절부터 윈-윈 기술을 몸에 익힌다면 여러분은 21세기 글로벌 시대를 이끌어 나갈 전천후 리더가 될 것입니다. 남을 이롭게 하고 행복감을 맛보게 된다면 새로운 시각으로 세상을 바라보게 될 것입니다. 오늘 당장 시작해 보십시오. 직접 경험해 보면 알게 됩니다.

사랑하는 후배들 올 한 해는 윈-윈의 정신으로 하루하루를 충실하게 보내십시오. 저는 여러분이 21세기를 보다 온기가 가득한 사회로 만들어 주기를 기대합니다.

겨울방학 건강관리는 잘하고 있나요? 물론 공부도 열심히 하고 있겠죠? 혹시 주춤거린다고 낙심하고 있나요? 그렇다면 지나간 것은 잊고 오늘부터 새롭게 시작하세요. 지나간 것에 연연하면 힘만 빠진답니다. 남은 시간을 성실하게 가꾼다면 지나간 시간은 보완할 수 있습니다.

그리고 후배들의 건강을 위한 『다니엘 건강관리법』(겨울방학 편)을 꼼꼼히 읽어 보세요. 춥다고 움츠러 들기 쉬운 청소년들이 건강하게 보낼 수 있는 방법들이 잘 나와 있답니다. 건강 관리 잘해서 청소년 시절부터 건강하십시오. 건강하셔서 여러분의 꿈을 이루길 바랍니다.

과연 나는 어떡할까

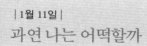

1915년 1월 12일, 켄사스 시티에 있는 홀 브라더스Hall Brothers사의 연하장 보관 창고에 불이 났습니다. 화재 때문에 모든 것이 일순간 폐허로 변한 모습을 본 많은 사람들은 그 회사 젊은 사장의 불운에 안타까워했습니다.

전날 밤, 건물 전체를 휩쓴 화재는 곧 선적될 수천 상자의 발렌타인데이 카드를 한 줌의 재로 만들었습니다. 23세의 조이스 홀과 그의 형 롤리는 그곳에서 불타 없어진 카드로 빚을 갚을 계획이었습니다.

그런데 모든 게 화염 속에 날아가 버려서, 1만 7,000천 달러의 부채를 갚을 수 없게 되었습니다.

이 재난으로 특히 조이스 홀Joyce Hall의 상심은 매우 컸습니다. 그는 수년 간의 고생과 가난을 이겨내고, 이제 성공적인 사업가로 자리 잡으려는 참이었습니다.

네브라스카 주의 노픽 토박이인 그는 아홉 살이었을 때 아버지가 돌아가셨습니다. 무척 가난하고 힘든 형편이었습니다. 어머니는 병들어 계셨기 때문에 어린 조이스 홀이 집집마다 돌아다니며 향수 행상을 했습니다. 그 뒤에 연하장 판매를 시작하게 되었던 것입니다. 더 나은 기회를 찾던 조이스 홀은 켄사스 시티에 카드를 납품하게 되었습니다. 곧 그는 수입 크리스마스 카드와 발렌타인데이 카드 판매도 겸하게 되었으며, 1년이 안 돼 형 롤리와 동업을 시작했습니다. 그렇게 화재가 자신의 모든 재산을 휩쓸어 가기 전까지는 가까운 주요 시로 판매를 넓혀 가고 있었습니다.

'그만두고 싶다면 지금이 바로 그 시기이다. 그러나 포기하고 싶지 않다면 빨리 결단해야 한다.'

조이스 홀은 재난이 있은 후에 혼자 이렇게 되뇌었습니다. 주저앉아 한탄만 하는 것은 전혀 도움이 안 된다는 것을 잘 알고 있었습니다.

그 후에 재기를 시도한 그는 어렵지만 돈을 빌려 그 지역의 조판 회사를 구입했습니다. 롤리와 함께 직접 디자인한 연하장은 빠르고 값싸게 인쇄되어 재고량을 채워 나갔습니다. 그들이 만들어 낸 첫 번째 고유 디자인 카드 두 가지는 1915년 크리스마스에 맞추어 준비되었습니다. 이렇게 수작업으로 인쇄한 귀여운 크리스마스 카드는 중·서부 지역의 잡화점에 팔려 휴일 쇼핑객들을 성공적으로 끌어 모았습니다. 결국 폐허가 된 홀의 회사에 절박하게 필요한 현금을 메워 주었습니다.

조이스 홀이 세상을 떠난 1982년, 그의 이름을 딴 홀마크 합자 회사는 하루에 800만 장이나 되는 연하장을 생산해 내고 있었습니다.

사랑하는 후배님들, 여러분이 만약 그런 상황이었다면 어떻게 했을까요? 그냥 세상을 비관하며 이미 이렇게 된 거 하면서, 아무렇게나 살까요? 아니면 홀처럼 '그래 다시 뜻을 정해 시작해 보자' 하실 건가요? 선택은 여러분에게 달려 있습니다. 그러나 그 선택에 대한 미래의 모습은 하늘과 땅 차이입니다.

　여러분 가운데에도 홀처럼 어려운 상황의 청소년들이 분명 있을 것입니다. 제가 이 책을 쓰는 큰 이유 중의 하나는 그런 후배들에게 아직 희망이 있다는 것을 전해 주기 위해서입니다. 홀이 포기하지 않았던 것처럼 여러분도 힘을 내어 다시 뜻을 정하십시오. 시작했다가 실패하면 다시 뜻을 정해 시작하면 됩니다. 아직 포기할 때가 아닙니다. 자신의 소중한 가능성을 환경만 탓하다가 그냥 흘려보내지 마십시오. 반드시 역전의 기회는 있습니다.

부드러운 대답의 힘

부드러운 대답은 분노를 가라앉혀도 과격한 말은 분노를 일으킨다.

「잠언」 15 : 1

겨울방학이 시작된 지 보름이 넘어갑니다. 겨울방학에는 날씨가 추워 밖으로 나가려 하지 않습니다. 집에만 있는 친구들이 많습니다. 혹시 밤새도록 오락하고 인터넷 하느라 점심 때가 다 되어서야 일어나는 것은 아닌가요?

집에만 있다 보면 어머니의 잔소리를 듣게 되는 시간도 그만큼 늘어납니다. 또 그것을 불평하는 학생들도 있습니다. 지금 『다니엘학습 실천법』대로 겨울방학을 잘 보내고 있는지요?

어머니의 잔소리는 이유가 있기 때문에 처음에는, '내가 잘못했으니까 할 수 없지' 하면서 듣습니다. 그러나 그것도 잠시뿐이에요. 점점 듣기가 싫어지게 됩니다. 그러다가 잔소리가 길어지면 나도 모르는 사이에 버럭 화를 냅니다. 그러면 그때부터 집 안은 아주 시끄러워집니다. 어머니와의 사이도 불편해집니다. 그런 날은 공부를 제대로 할 수 없습니다. 방학 때마다 이런 날이 종종 있죠. 여러분도 이번 겨울방학 중에 몇 번 겪으셨다고요?

만약 여러분이 어머니의 잔소리를 참았다면 어떨까요? 어머니가 이야기하실 때 잘못을 순순히 인정하고 앞으로는 잘하겠다고 말한다면 말이에요.

엄마 손을 꼭 잡아 보세요. 명문대 입학보다 더 중요한 것은 가족 간의 관계입니다. 어머니의 마음을 이해하고 그 마음을 헤아려 주세요. 그리고 일순간의 화를 참으십시오. 나의 과격한 말이 어머니의 마음에 깊은 상처를 남긴답니다. 부드러운 목소리로 이야기해 보십시오.

오늘 하루도 최선을 다해 알찬 시간 보내기를 바랍니다.

| 1월 13일 |
까까머리

캘리포니아의 오션사이드에서 있었던 일입니다.

알터 선생님이 가르치는 5학년 학급에서는 누가 항암 치료를 받고 있는지 알 수 없습니다. 거의 모든 아이들이 까까머리이니까요. 병을 앓고 있는 아이가 외톨이라고 느끼지 않도록, 친구들 가운데 13명이 같이 머리를 밀어 버린 것입니다.

레이크 초등학교의 열한 살짜리 소년인 스콧 시베리우스는 "우리 모두가 머리를 민다면, 사람들은 누가 항암 치료를 받는지, 누가 머리를 밀었는지 모를 거야"라고 말했습니다.

기록부에는 아이언 오고만이 아픈 아이로 되어 있었습니다.

의사들은 림프종이라고 불리는 병을 앓고 있는 이 아이의 소장에서 악성 종양을 제거하고 약물 요법으로 치료를 시작했습니다. 그러자 아이언은 머리가 한 움큼씩 빠지기 전에 완전히 밀어 버리기로 마음먹었습니다. 그런데 놀랍게도 친구들이 이에 동참했습니다.

"아이언이 진짜로 걱정하는 것은 자기만 눈에 띄는 것이 아니라 놀림당하는 거예요. 그래서 우리는 단지 아이언의 기분이 좀 나아지고 외톨이가 아니라고 느끼기를 바라는 거예요"라고 열 살짜리 카일 한슬릭이 말했습니다.

카일은 이 생각을 다른 친구들에게 이야기했고, 아이들 부모 가운데 한 사람이 명단을 받기 시작했습니다. 그리고 지난 주에 그들은 모두 이발소로 향했습니다.

이 사실을 알게 된 짐 알터 선생님도 아이들과 함께 머리를 밀었습니다.

"너희는 세상 사람들에게 아이들도 무엇인가 할 수 있다는 것을 보여 준 거야. 사람들은 아이들이 점점 나빠져 간다고 하지만 너희들은 오히려 그 반대구나"라고 알터 선생님은 말했습니다.

진정한 친구가 된다는 것은, 친구의 마음을 헤아려 그 친구의 괴로움과 슬픈 상처까지 나누는 것이라고 말합니다. 그것은 단순한 염려의 차원을 뛰어넘는 것입니다. 다른 이의 고통을 줄여 주고 그 고통의 원인마저도 지워 주고자 하는 마음을 가지는 것입니다. 아이언에게는 이런 친구가 13명이나 있습니다. 자신의 머리카락을 기꺼이 희생할 만큼 충분한 애정과 가슴을 가진 친구들이요. 이 얼마나 멋진 일인가요?

　성경은 친구를 사귀기 위해서 먼저 선한 친구가 되라고 합니다. 멋진 인생을 사는 중요한 열쇠 가운데 하나는 이웃에게 선한 친구가 되고 선한 친구를 갖는 것입니다. 청소년 시절이 바로 평생을 함께 할 우정을 만들 때입니다. 여러분 주위에 따뜻한 이해를 조금이나마 필요로 하고 있는 친구는 없나요?

　여러분이 선한 친구가 되어 주세요. 우리가 변할 때 대한민국이 변합니다. 그 나라의 진정한 힘은 이런 청소년들이 얼마나 있느냐에 달려 있습니다.

　새해가 된 지도 벌써 12일 지났어요. 처음에 세웠던 계획은 잘 채워 나가고 있나요? 작은 물방울이 바위를 뚫을 수 있다는 걸 알 거예요. 욕심만 앞세우지 말고 조금씩 꾸준히 나아가십시오.

　저는 여러분이 따뜻한 마음과 탁월한 실력을 지닌 사람들로 자라나기를 바랍니다. 모두들 오늘도 힘나는 하루 되세요.

기도하는 손

'기도하는 손'이라는 유명한 그림은 헝가리 금세공인의 아들인 알베르트 뒤러Albrecht Dürer의 작품입니다. 그는 1471년 독일에서 태어나 1528년에 죽었습니다. 대부분의 천재가 그러하듯 이 예술가에 대한 이야기도 사실과 허구가 뒤섞여 지금의 이야기가 되었습니다.

그의 친구들은 그를 알베르트라 불렀습니다. 알베르트는 친구 한 명과 같이 살았습니다. 그러나 둘은 미술 공부를 하면서 돈을 약간씩 벌었는데, 그걸로 생계를 유지하기에는 너무나 벅찼습니다. 그래서 알베르트는 한 가지 제안을 했습니다. 친구가 공부할 때는 자신이 돈을 벌고, 친구가 공부를 마치면 자신이 공부할 수 있도록 지원하자는 것이었습니다. 친구는 제안에 기꺼이 찬성했으나, 자기가 먼저 일하겠다고 고집하였습니다. 계획은 실행되었고 머지않아 알베르트는 숙련된 화가이자 조각가가 되었습니다.

어느 날 집으로 돌아온 알베르트는 친구가 미술 공부를 하도록 생계를 책임지겠다고 선언했습니다. 그러나 친구의 손은 힘든 노동으로 많이 상해 있었습니다. 더 이상 붓을 잡고 좋은 그림을 그릴 수 없었습니다. 예술가로서 그의 삶은 끝난 것이었습니다. 알베르트는 친구가 겪고 있는 절망에 몹시 슬퍼했습니다.

그러던 알베르트는 문밖에서 친구의 기도 소리를 들었습니다. 그리고 문틈으로 경건한 기도를 올리고 있는 그의 손을 보게 되었습니다. 알베르트는 그의 '기도하는 손' 을 그려야겠다고 다짐했습니다. 친구의 잃어버린 감각은 되찾을 수 없겠지만, 그림 속에서 친구의 희생에 대한 존경과 사랑을 표현하겠다고 다짐했습니다. 또한 다른 사람들도 이 그림을 보면 누군가의 희생과 나눔에 감사하는 마음이 떠오를 거라고 생각했습니다.

아름다운 이야기지요? 자기 희생은 사랑의 표시이며, 요즘 같은 성적 지상주의 시대에서는 자주 볼 수 있는 일이 아닙니다.

진정한 사랑은 사람을 살릴 수 있습니다. 공부 스트레스로 자살을 시도하는 친구를 살려 낼 수

뒤러의 '기도하는 손'

있습니다. 물론 공부가 중요하지만 인생의 전부는 아닙니다. 진정한 사랑만큼 소중한 것은 없습니다. 여러분의 사랑을 담아 친구와 부모님께 격려의 메시지를 보내십시오. 그것을 통해 우리네 삶이 더 아름다워질 것입니다.

|1월 15일|
거만한 사람이 되지 말자

거만한 사람은 책망받기를 싫어하며 지혜로운 사람에게 찾아가지 않는다.

「잠언」 15 : 12

삼만이 브라더즈 형제 중 첫째인 거만이가 있습니다. 이 녀석은 아무리 좋은 이야기를 해도 듣지 않습니다. 항상 자신이 최고라고 생각합니다. 그리고 다른 사람을 무시합니다. 실패를 해도 같은 실패만 반복합니다. 왜 실패했는지 이야기해 주어도 귀를 막고 있습니다. 그 말을 해 주는 사람들에게 화를 냅니다. 그래서 친구가 한 명도 없습니다. 그저 친구라고 하면 자신과 비슷한 성격의 사람들뿐입니다.

여러분은 어떠신지요? 혹시 거만이와 친구는 아닌가요? 나에게 귀한 충고와 권면을 하면 오히려 그 사람에게 화를 내고 짜증을 부리지는 않나요? 한 번 생각해 보십시오. 인생에서 독불장군은 없습니다. 혼자 모든 일을 다 잘하는 사람은 없다는 말입니다. 누구나 실수와 실패를 경험합니다. 중요한 것은 그런 일 속에서 겸손하게 나의 부족함을 인정하고 누군가의 조언을 감사함으로 받아들이는 일입니다.

부모님의 반복되는 충고는 듣기 싫은 잔소리입니다. 그러나 그런 이야기를 해 줄 분은 그분들밖에 없다는 것을 곧 아시게 될 것입니다. 충고에 귀 기울이십시오. 그리고 감사함으로 받으십시오.

|1월 16일|
소크라테스에게 세례 받다

지식을 구하러 소크라테스를 찾아간 자부심 강하고 오만한 젊은이에 대한 이야기가 있습니다.

그는 포부도 당당하게 그 위대한 철학자를 찾아가서 말했습니다.

"오, 위대한 소크라테스님, 저는 지식을 구하러 당신께 왔습니다."

소크라테스는 첫눈에 그가 거만한 멍청이라는 것을 알았습니다. 그를 뒤따르게 하여 아테네 거리를 지나 지중해 바닷가로 갔습니다. 그들은 함께 물속으로 걸어 들어갔지요. 가슴팍까지 물이 찼을 때, 소크라테스는 젊은이를 돌아보고 물었습니다.

"자네는 무엇을 원하는가?"

"지식입니다, 지혜로우신 소크라테스님!"

젊은이는 미소를 띠며 말했습니다.

소크라테스는 힘센 손을 그 거만한 젊은이의 어깨에 얹고는 아래로 내리눌렀습니다. 30초 후에 소크라테스는 그를 놓아주었습니다. 그러고는 다시 물었습니다.

"자네는 무엇을 원하는가?"

"지혜입니다, 위대하고 지혜로우신 소크라테스님!"

이번에는 굳은 얼굴로 빠르게 말했습니다.

소크라테스는 다시 그를 눌렀습니다.

이번에는 좀더 길었습니다. 그리고는 다시 놓아주었습니다. 젊은이는 숨을 헐떡였습니다.

"무엇을 원하는가, 젊은이?"

소크라테스는 다시 물었습니다.

거칠게 요동하는 숨결 사이로 그 젊은이는 씨근거리며 말했습니다.

"지식입니다. 지혜롭고 위대한…"

소크라테스는 그를 다시 힘껏 눌렀습니다. 이번에는 50을 센 뒤에 놓아주었습니다.

"무엇을 원하나?"

"공기요! 공기가 필요합니다!"

그는 비명을 지르며 말했습니다.

"자네가 공기를 원하듯 지식을 원할 때 비로소 지식을 얻게 될 것이네" 하고 미소 띤 소크라테스가 말했습니다.

우리는 이른바 '정보화 시대' 곧 정보와 지식을 상품처럼 사고파는 시대에 살고 있습니다. 정보의 세계로 들어가는 것은 부와 명성과 지위가 생기는 티켓을 얻는 것일 수 있습니다.

그러나 지식은 쉽게 오지 않습니다. 그것은 배움의 과정이며, 지성을 접목시킨 학식을 필요로 합니다. 그것은 정신을 갈고닦는 것이며, 정보를 모으는 것이며, 깨어 있는 것이며, 지각을 예리하게 하는 것이며, 기억을 연마하는 것이며, 지식을 어떻게 적용시킬 것인가를 이해하는 것입니다. 지식은 현대인의 필수품입니다. 지식은 신나는 미래로 가는 티켓입니다. 따라서 핵심은 여러분이 얼마나 간절히 지식을 원하고 또한 필요로 하는가 입니다. 지식이 다음번 호흡만큼 중요해질 때. 그것은 비로소 여러분의 것이 될 것입니다. 아니, 최소한 시작은 될 것입니다.

긴 겨울방학 동안 생활 습관을 조정하는 것이 중요합니다. 겨울방학을 이용하여 기상 시간과 취침 시간을 규칙적으로 습관화하세요.

새 학기의 시작은 겨울방학부터 시작되었습니다. 오늘 공부하는 것이 힘들고 지쳐도 공기 없이 살 수 없는 것처럼 절박하고 가난한 마음으로 공부를 하시면 좋은 성과가 있을 것입니다. 다시 뜻을 정하는 것이 중요합니다.

오늘도 최선을 다하세요.

| 1월 17일 |
기막힌 수보다 더 좋은 수

체스만큼 명확한 사고와 속도를 요하는 활동은 없습니다. 따라서 체스를 두는 사람은 신속하게 결정해야 하는데, 그것은 아슬아슬한 일입니다. 체스의 대가 빅토르 코르치노이Viktor Korchnoi는 수에 대한 신속한 결정과 관련하여 이렇게 말합니다.

"대부분의 선수들은 단박에 수를 보고 결정하여 말을 움직인다. 그러나 그것만큼 치명적인 실수도 없다. 머릿속에 떠오르는 그대로 말을 움직이면 안 된다. 최대한 많은 수를 생각한 다음 최선의 수가 어떤 것인가를 꼼꼼하게 살펴야 한다."

체스 세계 챔피언인 개리 카스파로프Gary Kasparov는 급하게 움직이지 않고 장고長考를 하고 말을 옮깁니다.

"체스에서의 좌우명은 기막힌 수가 떠오른다 해도 그것보다 더 좋은 수는 없는가 세심하게 살펴보는 것입니다."

이 같은 조언에 귀를 기울이면 현명한 결정을 내릴 수 있고, 혁신적인 나만의 공부 전략을 계발할 수 있습니다.

청소년 시절에는 급하게 무언가를 이루려는 조급함이 늘 있습니다. 이런 마음이 들면 머릿속에 순간적으로 떠오르는 생각에 매달리지 말고, 시간을 가지고 자세히 살펴보십시오. 진정한 엘리트가 되기 위해 꼭 필요한 훈련입니다.

이제 겨울방학도 중반에 접어들었습니다. 차근차근 조급함을 버리고 새 학기를 준비하십시오. 후배들의 최선을 향한 땀방울은 결코 헛되지 않을 것입니다. 최고를 꿈꾸는 것보다 최선을 꿈꾸는 멋진 후배들이 되기를 바랍니다.

| 1월 18일 |
지혜의 소중함 2

내 아들아, 건전한 지혜와 분별력을 잘 간직하고 그것이 네게서 떠나지 않게 하라.
그러면 그것이 네 영혼의 생명이 되고 네 삶을 아름답게 장식할 것이니 네가 네 길을 안전하게 갈 수 있고 발이 걸려 넘어지는 일도 없을 것이며 잠자리에 들 때 두려워하지 않고 단잠을 잘 수 있을 것이다.

「잠언」 3 : 21~24

지혜를 여러분의 몸과 마음에 소유할 수 있도록 때를 얻든지 못 얻든지 항상 힘쓰십시오.

네 손을 보여 드리렴

여덟 살이라는 어린 나이에 어머니를 여읜 소녀가 있었습니다. 그녀의 아버지는 너무 병약했기 때문에 장녀인 그녀가 가정일을 책임져야 했습니다. 그녀에게는 네 명의 동생이 있었습니다. 이 어린 소녀가 어머니 대신 그 아이들을 돌보아야 했습니다. 그녀는 아침 일찍 일어나서 밤이 되도록 온종일 일했습니다. 식사를 준비하고 집안을 치웠습니다. 열심히 가족의 뒤치닥거리를 하였습니다. 그러다 보니 그 여린 손가락들이 딱딱해지고 상처투성이가 되었으며 몸은 야윌 대로 야위었습니다.

열 세살이 되자 지친 그녀는 드디어 병이 났습니다. 그녀는 이웃에게 말했습니다.

"저는 이제 죽으려나 봐요. 죽는 것은 무섭지 않은데 부끄러워요!"

"네가 왜 부끄럽니?"라고 묻자, "엄마가 세상을 떠나신 후

저는 너무 바빠서 하나님을 위해 아무것도 해 드리지 못했거든요. 천국에 가면 하나님 뵐 면목이 없어요. 하나님께 뭐라고 말씀드리죠?"

이웃은 소녀의 두 손을 잡고 손에 난 상처와 흠 자국들을 들여다보며 말했습니다.

"얘야, 하나님께 아무 말씀도 드릴 필요 없다. 그냥 네 이 두 손만 보여 드리렴. 너는 매일 하나님께서 너에게 주신 일을 하며 그분을 위해 살아왔단다. 너는 동생들에게 엄마 노릇을 해 왔어! 하나님은 분명 그걸 아실 거다."

왠지 이 글을 보니 자꾸 눈물이 나네요.

한국 사회는 날로 각박해지고 있습니다. 입발림 사랑의 속삭임은 많지만 희생적인 사랑은 찾아보기 힘듭니다. 인스턴트 사랑에 익숙해져 아름다운 사랑이 무언지조차 기억이 나지 않을 정도입니다. 이 글을 통해 후배들이 조금이나마 진실한 사랑을 알아 갔으면 좋겠습니다.

진정한 리더는 먼저 가슴이 따뜻해야 합니다. 진정한 사랑을 많이 받으시고 많이 주십시오. 그러면서 인간이 인간다워집니다.

시험

그의 이름은 존 블랑카드로, 제2차 세계대전 가운데 플로리다에서 신병 훈련을 맡고 있던 해군 대위였습니다.

어느 날 저녁 그는 무심코 우체국 도서관에 들러 책을 한 권 읽었는데, 책의 여백에 쓰여 있는 어떤 여자의 글이 이목을 끌었습니다. 책의 표지를 보았더니, 책 주인의 이름이 있었습니다. 바로 미스 홀리스메이넬이었습니다.

블랑카드는 수소문 끝에 그녀가 뉴욕에 살고 있다는 것을 알아냈습니다. 그러나 그는 곧 전함을 타고 출항해야 했습니다. 대신 그녀에게 편지를 보냈습니다. 13개월 동안 그들은 편지를 주고받으며 마음을 열기 시작했습니다. 그는 그녀의 사진을 청했으나, 그가 자신을 마음 깊이 사랑한다면 외모는 중요하지 않을 것이라며 거절했습니다.

드디어 그들이 만나기로 한 날이 왔습니다. 뉴욕 시의 그랜드센트럴 역에서, 그녀는 옷깃에 붉은 장미를 달고 나올 것이라고 언질을 주었습니다.

그리고 그때 무슨 일이 일어났는지 젊은이의 말을 들어 봅시다.

"한 아가씨가 내 쪽으로 오고 있었어요. 아름답고 화사했어요. 금발 머리에 꽃 같은 푸른 눈을 가졌는데, 옅은 초록빛의 옷을 입고 있었지요. 마치 봄이 살아오는 것 같았어요. 나는 그녀가 장미를 달았는지 확인도 하지 않고 그녀를 향해 걸어갔습니다. 다음 순간 나는 홀리스메이넬을 보고 말았지요. 그녀는 아가씨 뒤에 서 있던 반백의 여인이었습니다. 그녀는 갈색 외투의 구겨진 깃에 붉은 장미를 달고 있었지요. 약간 실망스러웠지만 나는 나를 사로잡은 영혼의 여인을 간절히 고대하고 있었기 때문에 그녀에게 다가갔지요. 가까이서 본 그녀의 얼굴은 친절하고 지각 있어 보였으며, 회색빛 두 눈은 반짝이고 있었어요. 나는 망설이지 않았습니다. 나는 나를 알리는 표시로, 낡고 푸른 가죽 표지의 작은 책을 손에 쥐고 있었어요.

나는 마음속에서 솟아오르는 실망감을 억누르면서, 어깨를 펴고 경례를 붙이고는 그 책을 그녀에게 들어 보였습니다.

"제가 존 블랑카드 대위입니다. 당신은 미스 메이넬이 틀림없지요? 뵙게 되어 정말 반갑습니다. 오늘 제가 저녁을 대접해도 되겠습니까?"

그러자 그 여인의 얼굴에 웃음이 번졌습니다.

"이보세요, 저는 무슨 영문인지 통 모르겠군요. 방금 지나간 초록 옷의 젊은 아가씨가 나에게 이 장미를 달고 있으라고 했어요. 만일 젊은이가 저녁을 함께 하길 청한다면 그때 자기가 길 건너 커다란 레스토랑에서 기다리고 있다고 전해 달라고 하더군요. 그녀는 이걸 일종의 시험이라고 했어요."

의심할 나위 없이 존 블랑카드 대위는 시험에 합격했습니다. 여러분도 이렇게 할 수 있을까요? 멋진 이성 친구를 만나고 싶으세요? 그러면 여러분이 먼저 멋진 사람으로 준비되어야 합니다.

친구를 신중히 사귀어라

내 아들아, 악한 자들이 너를 유혹하여도 넘어가지 말아라. 그들이 너에게 "우리와 함께 가자. 우리가 잠복해 있다가 사람을 죽이자. 숨어서 죄 없는 사람을 기다리다가 무덤처럼 그들을 산 채로 삼키며 그들을 통째로 삼켜 지옥에 내려가는 자처럼 되게 하자. 우리가 온갖 보물을 구해 놓고 빼앗은 물건으로 온 집안을 가득 채워 놓을 테니 네가 우리와 한패가 되어 이 모든 것을 우리와 함께 나누어 가지자" 할지라도 내 아들아, 너는 그런 자들과 함께 다니지 말고 그들을 멀리하라. 그들은 악한 일 하는 것을 조금도 주저하지 않으며 사람을 죽이는 데 능숙한 자들이다. 새가 지켜 보고 있는데 그물을 치는 것은 소용없는 일이다. 그러나 그런 자들은 스스로 덫을 놓고 자기들이 빠져 죽을 함정을 파는 자들이다. 부정한 이득을 추구하는 자들의 종말은 다 이렇다. 바로 그 물질이 그것을 소유한 자들의 생명을 빼앗아 가고 만다.

「잠언」1 : 10～19

아무리 강조해도 지나치지 않는 것이 몇 가지가 있습니다. 그중에 하나가 친구를 사귐에 있어서 신중하라는 것입니다. 친구 관계가 형성되면 원하든 원치 않든 서로에게 영향을 주고받게 됩니다.

돈과 능력으로 친구를 사귀지 마십시오. 사람의 중심에 무엇이 있는지 보고 친구를 사귀기를 부탁드립니다.

장애인이라고?

캐나다의 브랜든 대학 농구 선수인 트레이시 맥클레오드는 '장애인'이라는 말을 싫어합니다. 자기 자신에게나 동료 선수들에게 농담할 때를 제외하고는 이 단어가 그녀에게는 적절하지 않습니다. 오른쪽 종아리의 절반을 절단한 장애를 가진 채, 석 달만에 농구 코트에 복귀한 사람이 누가 있겠습니까? 어느 누가 그녀처럼 20분 동안 20점을 올리고 10개의 리바운드를 잡을 수 있겠습니까?

지난 시즌에 맥클레오드는 건강한 두 다리로 185cm의 센터로서 평균 11.2득점에 6.2리바운드의 성적을 올렸습니다. 그러나 그 뒤 농구 골대 밑에서 발을 헛디뎌 병원 신세를 지게 되었습니다. 1993년 1월, 맥클레오드는 위니페그 팀과의 홈경기에서 레이업을 시도하다가 오른쪽 발을 헛디뎠고, 정강이뼈와 종아리뼈가 부러졌습니다. 이때 그 소리가 어찌나 컸던지 몇 몇 선수들은 귀를 막고 돌아설 정도였습니다.

다리뼈는 정합이 되었지만 수술은 실패하였습니다. 이후 5개월 동안 무려 아홉 번의 수술을 받았습니다. 그러나 평생 동안 교정 수술을 받으며 다리를 절거나 아니면 절단해야 할 선택에 직면했습니다. 1993년 6월, 그녀의 다리는 무릎 아래 20cm가량 되는 곳에서 절단되었습니다. 2주 반 후에, 그녀는 의족을 신은 채로 퇴원했고요. 맥클레오드의 의사들은 이전과 같은 경기 능력을 기대하는 것은 영원히 불가능하다고 말했습니다.

"나는 의사가 하는 말을 웃음으로 받아 넘겼어요"라고 맥클레오드는 말합니다.

"나는 누구라도 내게 제한을 가하는 것을 허락할 수 없었어요. 나는 단지 정상 생활로 돌아가기를 원했고, 농구는 그런 점에서 중요한 부분을 차지하고 있었어요. 내가 다시 경기를 시작할 수 있을지는 몰랐지만, 노력은 해야 했습니다."

그녀의 스텝은 느려졌고 점프력도 예전 같지 않았습니다. 하지만 페인트에서 두드러진 활약을 보여 주며, 팀에서 가장 슛을 잘하는 선수로 다시 코트에 복귀했습니다. "그녀는 놀라워요!"라고 동료 선수 안드레아 브라운이 말합니다. "경기장에 있는 그녀를 보면 우리는 기운을 얻어요. 늘 당연하다고 치부해 버리는 일이 얼마나 그릇된 생각인가를 되새기게 하거든요. 그리고 뜻을 정한 인간이 얼마나 강해질 수 있느냐는 것도요."

상대편 선수들은 그녀를 동정하기보다 두려워합니다. 라이벌인 위니페그 팀의 코치 톰 켄달은 이렇게 말합니다.

"우리는 트레이시를 예전과 같이 거칠게 대하지요. 그렇게 하지 않으면 그녀는 점수를 더 많이 올릴 테니까요."

"상대방이 공격을 늦추면 그만한 대가를 치러야 할 걸요!"라고 맥클레오드는 말합니다. "먼저 치는 사람이 이기지요. 보통 그게 바로 접니다."

저도 고등학교 3학년 때부터 디스크와 경직성 척추염으로 지금까지 고생을 하고 있습니다. 대학 시절 그 흔한 MT도 치료를 받느라 가본 적이 없습니다. 그렇지만 주어진 시간 최선을 다해 공부했습니다. 건강한 사람들보다 더 열심히 노력했고, 좋은 결과로 대학을 졸업할 수 있었습니다.

요즘도 저는 새벽에 일어나서 마음관리를 하고 열심히 공부합니다. 물론 허리와 등과 목이 아파 오지만 열심히 치료하며, 저에게 주어진 시간에 대해 최선을 다해 가꾸려 합니다. 여러분도 아직 늦지 않았습니다. 환경은 얼마든지 극복할 수 있는 것입니다.

| 1월 23일 |
용서의 눈길

한 남자가 서너 달 전에 해고당했던 직장으로 복직하였습니다. 그리고 전보다 일을 훨씬 더 잘하였어요. 이런 남자의 모습을 본 사장이 물었습니다.

"뭐가 자네를 이렇게 만든 거지?"

그 남자는 다음과 같은 이야기를 했습니다.

"대학을 다닐 때, 저는 동아리 가입 위원회의 위원이었습니다. 동아리 회원 자격을 얻으려면 한 가지 시험을 거쳐야만 했어요. 어두운 밤에, 우리는 신입 회원들을 시골길 한가운데로 데려갑니다. 그리고 제가 차를 최고의 속력으로 몰아 그들을 향해 돌진하지요. 하지만 피하라는 신호가 내려지기 전에는 피할 수 없었습니다. 그날도 저는 시속 100마일로 그들을 향해 돌진했습니다. 헤드라이트에 비친 그들의 표정은 온갖 공포에 질려 있었어요. 잠시 뒤 신호가 내려지고 모두들 길 밖으로 뛰쳐나갔습니다. 그러나 꼭 한 사람이 차에 치여 죽고 말았습니다. 그 일로 저는 학교를 떠났습니다.

그 뒤 저는 결혼을 해서 두 아이를 두었습니다. 그러나 내 차에 치인 그 학생의 얼굴이 나의 뇌리에서 좀처럼 떠나지 않

있습니다. 결국 저는 절망과 죄책감에 빠졌습니다. 성격은 괴팍하게 변해 주정뱅이가 되고 말았어요. 그래서 제 아내는 혼자 집안을 꾸려 나가기 위해 모진 고생을 다했습니다.

어느 날 아침 보통 때와 마찬가지로 술을 마시고 있는데 갑자기 초인종이 울렸습니다. 문을 열고 보니 이상하게 낯익은 한 여인이 서 있었지요. 그 여인은 내가 수년 전 대학을 다닐 때, 내 차에 치여 죽은 학생의 어머니라고 말했습니다. 그 여인은 한때 저를 향한 증오심과 복수심으로 매일 잠을 뒤척였다고 했어요.

그런데 어느 날 그 여인의 마음속에 예수님을 영접하고, 저를 용서하고 사랑하게 되었다고 말했습니다. 그리고는 이렇게 말했어요.

'이제 당신을 용서하겠습니다. 당신도 나를 용서해 주세요.'

그 여인의 두 눈을 깊이 들여다보자 이런 지긋지긋한 삶을 청산하고 새로운 삶을 살아도 된다는, 허락의 마음을 읽을 수 있었습니다. 그 용서가 저의 삶을 완전히 뒤바꾸어 놓았습니다."

죄의식 속에 산다는 것은 고통스러운 일입니다. 종종 저는 '간음 가운데 붙잡힌 여자가 예수님 앞에 아무렇게나 던져졌을 때, 어떤 심정이었을까?' 하고 생각해 보곤 합니다. 아마도 여자를 바라보던 예수님의 방식은 그녀의 삶에 커다란 전환점이었을 겁니다. 심각한 일로 죄의식에 시달려도 용서받을 수 있는 길은 늘 열려 있습니다.

　오늘도 뜻을 정해 마음을 가다듬고 시작해 보세요. 겨울방학도 이제 얼마 남지 않았습니다. 지나간 시간은 잊고 남은 시간을 소중하게 사용하세요.

| 1월 24일 |
실패를 두려워 말라

　1953년에 줄리아 차일드와 두 명의 동료는 "미국 가정을 위한 프랑스 요리법"이라는 책을 쓰기로 출판사와 계약을 맺었다.

　줄리아와 두 명의 동료는 5년 동안 그 원고에 매달렸다. 그런데 출판사는 850쪽에 달하는 그 원고를 거절했다.

　줄리아와 두 명의 동료는 원고를 재수정하는 데 다시 한 해를 바쳤다. 또다시 출판사는 원고를 거부했다. 하지만 줄리아 차일드는 포기하지 않았다.

　그녀는 동료들과 함께 재작업을 하는 한편, 1961년에 새로운 출판사를 만났다. 원고 쓰기를 시작한 지 8년 만의 일이었다.

그들은 『프랑스 요리 예술의 대가가 되는 법』이란 제목의 책을 출판했고, 이 책은 1백만 부가 넘는 판매고를 올렸다.

1966년에 〈타임〉지는 줄리아 차일드를 커버 스토리에 실었다.

줄리아 차일드는 30년이 흐른 오늘날에도 그 분야의 정상을 달리고 있다.

잭 켄필드

사랑하는 귀한 후배들, 실패를 경험하면 그 당시는 너무 괴롭고 속상합니다. 어쩔 때는 너무 힘들고 괴로워서 모든 것을 그만두고 싶을 때도 있습니다. 그럴 때 꼭 기억해야 할 것이 있습니다. 바로 자포자기할 상황에서의 노력은 그만한 결실을 반드시 가져다준다는 것입니다. 전세계에서 가장 성공한 최고의 경제 잡지 〈포브스〉를 만든 포브스란 사람을 들어 보셨는지요?

포브스란 사람은 프린스턴 대학 시절에 학교 신문기자 시험에 응시했지만 보기 좋게 탈락했던 사람입니다. 하지만 그는 훗날 〈포브스〉의 발행인이 되어 이름을 날렸습니다.

수많은 위인들의 삶을 보십시오. 엄청난 시련과 실패 그리고 장애물이 있었습니다. 그분들이 정말 위대한 이유는 성공했기에 위대한 것이 아니라 거듭되는 실패와 좌절 속에서도 용기를 잃지 않고 자신의 꿈을 향해 묵묵히 도전했기 때문입니다.

사랑하는 귀한 후배들, 정말 중요한 것은 실패가 아니라 실패했을 때 내가 그대로 좌절할 거냐 아니면 다시 뜻을 정해 앞으로 나아갈 것이냐입니다.

선택은 여러분의 몫입니다. 힘들겠지만 조금만 더 힘을 내어 새롭게 뜻을 정해 꿈을 향해 나아가시길 간곡히 부탁드립니다. 아직 포기할 때가 아닙니다. 조금만 더 힘을 내세요. 오늘도 파이팅!

얼마나 높이 날 수 있을까

난생 처음 헬륨이 가득한 풍선을 날렸던 기억이 나십니까? 그 경험을 한 때가 어머니 손을 잡고 처음 시장에 간 날이거나, 축제였을지도 모르고, 길거리였거나 퍼레이드였을 수도 있겠죠.

그땐 풍선을 붙잡고 얼마나 좋아했던지 풍선을 손목에 묶고 다녔습니다. 그러나 풍선은 늘 하늘로 달아나려 하고, 때로는 어느새 하늘로 올라가 버리기도 합니다. 바람에 날려 끝내는 보이지 않을 때까지, 하늘 위로 사라져 버린 풍선을 아쉬워하며 울었을지도 모릅니다. 이렇게 우리에게 여러 가지 추억으로 남아 있는 풍선이 얼마나 높이 올라갈 수 있는지 생각해 본 적이 있습니까?

텍사스 주에 있는 '전국풍선과학연구소'가 이 질문에 답해 줍니다. 작은 고무풍선은 최고 약 5.4km까지 올라갑니다. 이 풍선은 점차 위로 올라감에 따라 팽창하지요. 결국 지상 5.4km 상공에 이르면, 풍선 안의 헬륨은 처음 부피의 80%가량 팽창합니다. 이것은 고무가 팽창할 수 있는 최대 한계이며, 그 이상 올라가면 풍선은 '빵' 하고 터져 버립니다.

풍선을 더 높이 날리고 싶다면 어떻게 할까요? 35.6km까지 올라갈 수 있게 특별 제작한 실험용 풍선이 있습니다. 이 풍선에는 특수관이 달려 있기 때문에, 고도가 높아져 풍선 속의 공기가 팽창할 때 생기는 압력을 분산시킵니다.

그렇다면 보통 풍선과 실험용 풍선의 차이는 무엇일까요? 그것은 우리가 어렸을 적 좋아했던 풍선들은 팽창에 한계가 있지만, 실험용 풍선은 팽창에 견디도록 만들어졌다는 사실입니다.

인생에 있어서도 마찬가지입니다. 조금만 압력을 가해도 터져 버리는 사람이 있는 반면에, 새로운 단계로 나아가기 위하여 준비하는 사람들도 있습니다. 그리고 그 적응력과 계획 때문에 삶의 무게가 주는 압력을 견딜 수 있는 겁니다. 인생은 준비하는 사람들에게 무한한 가능성을 제시해 줍니다.

생명보험 업계의 통계에 따르면, 현재 십대 후반에 있는 100명의 사람들이 65세가 되었을 때를 다음과 같이 예상합니다

1명 — 남에게 의지하지 않아도 될 만큼 충분한 재산을 가지고 인생을 즐기고 있을 것이다.

4명 — 먹고 사는 데 부족하지 않을 만큼의 돈을 소유하고 있을 것이다.

5명 — 생활비를 벌기 위하여 그때까지도 일하고 있을 것이다.

36명—죽었을 것이다.

54명—가족이나 친구, 정부에 의지해 여생을 보내고 있을 것이다.

　요즘 한국 청소년들은 입시 지옥에서 고통받고 있습니다. 성적 중심의 사고가 학생들의 마음을 냉정하게 만들고 있습니다. 그 결과 무기력에 빠져 자포자기하는 친구들도 많아졌습니다. 아직 포기하기에는 이른데도 주변 환경의 압력이 커서 아예 포기해 버립니다. 이런 상황을 극복하려면 다른 방법이 없습니다. 깊이 생각하고 마음관리를 통해 다시 뜻을 정하는 것입니다.

| 1월 26일 |
작은 친절을 베풀어라

　하루 종일 일이 안 풀려 시무룩해져 있는데, 난데없이 누군가가 듣기 좋은 말을 해서 시무룩했던 기분이 좋아졌던 적이 있습니다.

　가벼운 인사나 쪽지, 미소, 칭찬, 안아 주기, 다독거려 주기

등 작은 일들이 그런 차이를 가져올 수 있습니다. 우정을 돈독히하려면 이런 작은 일들을 많이 해야 합니다. 인간관계에서는 작아 보이는 일들이 큰 결과를 가져오기 때문입니다.

마크 트웨인Mark Twain은, "칭찬 한마디로 3달 동안 기분이 좋다" 라고 말했습니다. 다음의 이야기는 칭찬의 의미를 잘 가르쳐 줍니다.

내 친구 레논은, 자신의 오빠와 우연히 댄스 파티에 가게 된 이야기를 들려주었습니다.

"9학년 때의 일이에요. 고등학교에 다니던 오빠 한스는 인기가 참 많았죠. 오빠 친구들도 잘생긴 사람들이 많았는데, 항상 우리 집에 놀러 오곤 했었어요. 언젠가는 그 친구들이 나를 '한스의 꼬맹이 여동생' 이 아닌, 한 명의 여자로 봐 주기를 바라고 있었지요.

그러던 어느 날 오빠는 학교에서 제일 인기가 많던 레베카 라이트라는 여학생과 댄스 파티에 가게 되었어요. 턱시도를 빌리고, 꽃도 사고, 친구들과 함께 리무진도 빌리고, 고급 레스토랑까지 예약을 다 해 놓았어요. 그런데 약속했던 날 오후에 레베카가 지독한 감기에 걸려서 갈 수 없다고 했나 봐요. 오빠는 파트너 없이 댄스 파티에 가게 되었죠. 다른 여학생에게 말하기에는 이미 늦어 버렸거든요.

오빠는 어떤 반응을 보일 수 있었을까요? 화를 낼 수도 있었고, 자신을 불쌍하게 생각할 수도 있었고, 레베카를 욕할 수도 있었어요. 어쩌면 레베카가 정말 아픈 것이 아닌데 가기 싫어서 거짓말을 했다고 생각할 수도 있었겠죠. 하지만 오빠는 실망하지 않고 다른 사람에게 부탁하기로 결정했답니다.

오빠는 바로 저한테 같이 가자고 부탁을 했어요. 자기 여동생한테 말이에요!

저는 뛸 듯이 기뻤어요. 저는 온 집 안을 돌아다니며 댄스파티에 갈 준비를 했어요. 그러나 막상 오빠 친구들이 탄 리무진이 집 앞에 도착했을 때는 겁이 나기 시작했어요. 오빠 친구들이 나를 어떻게 생각할지 무서웠던 거예요. 그런데 오빠가 내 팔짱을 끼고는 여왕 모시듯 차까지 데리고 가는 거예요. 나한테 애처럼 행동해서는 안 된다고 주의를 주지도 않았고, 친구들에게 레베카를 데리고 오지 못해 미안하다는 말도 하지 않았어요. 다른 여학생들이 입고 있는 아주 우아한 옷에 비해 내 옷은 학예회에나 어울릴 것 같은 드레스였는데도 오빠는 신경 쓰지 않았어요.

파티가 시작되자 저는 정신이 없었어요. 드레스에 음료수를 쏟기까지 했어요. 어쩔 줄 몰라 하고 있는데 오빠가 친구들을 데리고 와서 나하고 춤을 추게 했어요. 서로 나와 춤추겠다고 싸우는 친구들도 있었어요. 나는 아주 즐거웠고 오빠도 그런 것 같았습니다. 내가 오빠 친구들과 춤추는 동안 오빠는 친구의 파트너와 춤을 추었으니까요. 모든 사람들이 나에게 친절했는데, 그건 오빠가 나를 자랑스러워했기 때문이라는 걸 알 수 있었어요. 그날은 최고의 밤이었어요.

이렇게 멋있고 친절한 오빠가 여학생들 사이에 인기가 있는 것은 당연한 것이라고 생각했습니다. 어느 오빠가 자기 여동생을 댄스 파티에 데리고 가겠어요?"

'따뜻한 말 한마디로 석 달의 겨울이 따뜻하다'라는 일본 속담은 친절한 행동이 얼마나 중요한가를 말해 줍니다. 우리의 인생을 정말 행복하게 만드는 것이 무엇일까요? 명품을 걸치고 외제 차를 끌고 다니며 명문 대학을 다니면서 잘생긴 이성 친구가 있어야만 꼭 행복한 것은 아닙니다. 후배들의 친절하고 따뜻한 마음이 바로 나와 주변 이웃을 행복으로 초대한다는 것을 잊지 마십시오.

겨울방학 알차게 보내고 계신가요? 뛰어난 실력을 기르기 위해 최선을 다하십시오. 그러나 단지 공부 실력만을 위해 모든 것을 희생하지는 마십시오. 공부 실력과 함께 따뜻하고 친절한 마음의 실력도 함께 기르는 올 한 해가 되기를 부탁드립니다. 그런 사람이야말로 진정한 21세기 리더가 될 것입니다.

| 1월 27일 |
살며 사랑하며

선을 베풀 능력이 있거든 그것을 필요로 하는 자에게 베풀기를 주
저하지 말며 너에게 가진 것이 있으면 네 이웃에게 "갔다가 다시
오너라. 내일 주겠다"라고 말하지 말아라.
너를 믿고 사는 네 이웃을 해하려고 계획하지 말며
남이 너를 해하지 않았거든 이유 없이 다투지 말아라.
난폭한 자를 부러워하지 말며 그의 어떤 행동도 본받지 말아라.

「잠언」 3 : 27~31

　요즘 시대는 타인에게 선을 베풀면 왠지 손해 본다는 생각
이 듭니다. 각박한 현대사회 속에서 손해 보지 않기 위해 눈가
는 싸늘하고 매서워집니다. 하지만 그런 방식으로는 인생의
참다운 성공자가 될 수 없습니다. 왜냐하면 인간은 사랑하며
사는 존재이기 때문입니다. 사랑이란 말은 하면서 행동하지
않으면 그것은 사랑이 아닙니다. 진정한 사랑은 행동입니다.

자신감과 도전 정신

다음은 피아라는 어느 신문기자의 이야기입니다. 아주 오래전 이야기지만 '할 수 있다'는 정신이 온전히 드러나 있습니다.

"저는 UPI 통신사 기자로 일하면서 유럽 대도시들에 주재駐在하고 있었습니다. 경험이 부족했기 때문에 거친 사람과 나이 많은 남성 기자들의 기대에 못 미칠까봐 늘 조바심을 냈습니다.

비틀즈The Beatles가 오기로 한 날, 놀랍게도 내가 그들을 취재하게 되었습니다(편집자는 그들이 얼마나 대단한 사람들인지 몰랐던 것입니다).

비틀즈는 그 당시 유럽 최고의 인기 가수였습니다. 그들을 먼발치에서 보기만 해도 소녀들 100명쯤은 기절해 넘어지곤 하였습니다. 나는 그들의 기자 회견을 취재해야 했습니다.

기자 회견은 흥미진진했습니다. 그곳에 있다는 사실만으로도 신이 났습니다. 그러나 나는 전부 다 하는 똑같은 이야기를 내보내게 되었다는 사실을 문득 깨달았습니다. 나는 무언가가 좀더 필요했습니다. 보다 충실한 내용으로, 화려하게 지면을 장식할 만한 것이 있어야 했습니다. 이 기회를 그냥 날려 버릴 수 없었습니다. 경험 많은 기자들이 하나씩 하나씩 기사를 쓰기 위해 신문사로 돌아가고, 비틀즈도 방으로 돌아갔습니다. 나는 아직 그곳에 남아 있었습니다. 비틀즈한테 가는 법을 알아내야겠다고 생각했습니다. 마감 시간은 점점 다가오고 있었습니다.

나는 호텔 로비에 가서 내부 전화로 최고급 귀빈실을 연결했습니다. 그들은 분명 그런 방에 묶고 있을 것이었습니다. 비틀즈의 매니저가 전화를 받았습니다.

"저는 UPI의 피아젠슨 기자입니다. 비틀즈와 잠깐 이야기 좀 할 수 없을까요?"

나는 자신 있게 말했습니다.

놀랍게도 그는 "올라오세요"라고 했습니다. 마치 로또라도 당첨된 기분이었다. 곧 엘리베이터를 타고 호텔의 최고급 스위트룸으로 향했습니다. 그곳에는 링고, 폴, 존, 조지 이렇게 4명이 앉아 있었습니다. 심장이 뛰었습니다.

나는 그렇게 그들과 2시간을 웃고, 듣고, 말하고, 쓰면서 최고로 즐거운 시간을 보냈습니다. 그들은 나를 정중히 대했고, 내게 관심을 보여 주었습니다.

내 이야기는 다음 날 이 나라 유수의 일간지 1면을 화려하게 장식하였습니다. 그리고 각 멤버들과의 연장 인터뷰는 전

세계 신문에 기사화되었습니다.

그 다음 롤링 스톤즈The Rolling Stones가 도시에 왔을 때 누가 나섰겠습니까?

바로 저였습니다. 어리고, 경험 없는 여기자인 제가 나갔던 것입니다. 저는 지난번과 똑같이 했고, 좋은 결과를 얻어 냈습니다. 저는 이 일로, 끈기를 가지면 무엇이든 성취할 수 있다는 것을 깨달았습니다. 그리고 무엇이든 할 수 있다는 자신감이 생겼습니다.

이런 방식으로 저는 제일 좋은 기사를 썼고 기자로서의 경력은 새로운 차원으로 들어서게 되었습니다."

영국의 극작가 조지 버나드Geroge Bernard Shaw는 '할 수 있다' 정신에 통달했던 사람이었습니다. 그는 이런 말을 했습니다.

"사람들은 흔히 현재 자신의 모습을 두고 환경을 탓한다. 나는 환경을 믿지 않는다. 출세한 사람은 자신에게 필요한 환경을 찾은 사람들이다. 환경을 찾지 못했으면 그러한 환경을 만들어 낸 사람들이다."

여러분에게 꼭 드리고 싶은 말입니다. 아직 늦지 않았습니다. 결단을 내린 지금이 가장 적합한 때입니다. 지금을 소중히 생각하십시오. 최선을 다해서 여러분의 꿈과 가능성을 현실로 만들기 위해 노력하십시오.

진정한 성공이란 무엇인가

1923년 시카고의 한 호텔에, 세계에서 가장 성공한 재산가들이 모였습니다. 참석한 사람들 가운데는 세계 최대의 독립 철강회사 총수, 최대의 공익회사 총수, 가장 성공한 물품 투기업자, 뉴욕 증권 거래소의 총재, 국제결제은행의 총재, 그리고 세계 최대의 독점기업 총수 등이 있었습니다.

이 실업계의 거물들은 한자리에 모여 당시 미 재무성보다 더 많은 돈을 좌지우지했습니다. 여러 해 동안 대중매체들은 이 부자들의 성공담을 보도하였습니다. 그들은 모든 사람이 본받아야 할 표준으로 제시되었습니다. 특히 미국의 젊은이들에게 그랬습니다. 그들은 실업계에서 성공의 정점에 있는 사람들이었습니다.

그렇다면 그들의 생이 마지막까지 성공적이었는지 살펴보겠습니다.

찰스 슈밥은 세계 최대의 독립 철강 회사의 총수였습니다. 25년 후에, 그는 빌린 돈으로 살아 가다가, 동전 한 푼 없이 죽었습니다.

덧붙이자면, 그는 미국 역사상 처음으로 100만 달러를 받았던 사람입니다.

아더 커튼은 가장 크게 성공한 물품 투기업자였습니다. 그러나 그 역시 외국에서 극도의 가난 속에 죽음을 맞이했습니다.

리처드 휘트니는 뉴욕증권거래소의 총재였는데, 지금은 싱싱 교도소에서 복역 중입니다.

알버트 폴은 총재 고문단의 일원이었는데, 다행히 감옥에서 석방되어 집에서 사망했습니다.

레온 프레이저는 국제결제은행의 총재였는데, 자살로 생을 마감했습니다.

이바 크루저는 당시 가장 큰 독점기업의 총수였는데, 그 역시 비참한 생을 자살로 끝마쳤습니다.

이들 모두가 한때는 성공의 표본이었습니다. 그들은 돈 버는 데는 누구보다도 뛰어났고, 또한 많은 돈을 벌어들였습니다. 틀림없이 그들은 오랫동안 연구하고 일하고 저축했을 것입니다. 그러나 결론적으로는 아무도 제대로 사는 법을 배우지는 못했습니다. 그것이 삶의 부나 물질을 획득하는 것 이상의 것인데도요.

진정한 성공은 단순히 돈만 많이 버는 것이 아닙니다. 진정한 성공자가 되기 위해서는 마음관리가 필요합니다. 건강한 영혼의 소유자가 되십시오. 탐욕으로 가득 찬 삶은 행복하지 않습니다. 따뜻한 마음을 지닌 탁월한 실력자가 되기를 부탁 드립니다.

| 1월 30일 |
구제의 특징

선한 일에 아낌없이 돈을 쓰는 사람은 부유해질 것이며 남에게 은 혜를 베푸는 사람은 자기도 도움을 받을 것이다.

「잠언」11 : 25

어떤 이유에서든 돈은 쓰면 줄어드는데 어떻게 더욱 부유 해질 수 있습니까? 윗 글이 허황돼서 믿을 수 없나요? 그렇다 면 속는 셈치고 한 번 해 보십시오. 그러면 진리인지 아닌지 구별할 수 있습니다.

세상은 날로 각박해지고 있습니다. 길거리에 누가 쓰러져 있어도 '난 바빠', '누군가가 돌보겠지' 하고 지나가는 것이 우리의 모습입니다. 그 사람이 친형제·자매라면 어떨까요? 그렇다면 그냥 지나칠 수 없을 겁니다. 여러분이 길에서 갑자기 쓰러진다고 생각해 보세요.

그런데 몇 시간이 지나도록 누구도 돌아보지 않고 경찰에도 연락하지 않는다면…. 기껏 온 사람이 쓰러져 있는 여러분의 지갑만 가지고 유유히 사라진다면 어떨까요?

선한 일을 한다는 것은 은행에 돈을 예금하는 것과 비슷합니다. 선한 일은 사라지지 않습니다. 언젠가 여러분이 도움을 필요로 할 때 반드시 돌아옵니다. 물론 이런 대가를 생각하지 않고 선행을 하는 게 좋겠지요. 그러나 선한 일이 동기 부여가 잘 안 되는 청소년들은 앞서 말씀드린 것을 기억하십시오.

날씨가 추울 때 우리 주변에는 힘든 분들이 더 많아집니다. 라면 한 개가 없어서 온종일 굶는 사람들도 있습니다. 그냥 외면하지 마십시오. 지금 도울 힘이 없다면 이 다음에 조금이라도 힘이 생길 때 꼭 도와주십시오. 한국이 좋은 나라가 되기 위해서는 바로 내가 중요합니다. 내가 작은 선행이지만 베풀면 그만큼 한국은 좋은 나라로 변하기 시작합니다. 여러분 한 사람 한 사람이 중요합니다.

추운 겨울은 실력을 기르기에 참 좋은 시기입니다. 힘들겠지만 최선을 다해 공부하기를 부탁드립니다. 새 학기에 여러분의 수고가 결코 헛되지 않을 것입니다.

10/90 반응

부정적인 사고를 하면 실수는 크게 보입니다. 그리고 실수에 10/90을 반응하게 됩니다.

10/90반응이란 10%의 잘못한 일을 가지고 잘한 일 90%까지 좋지 않게 생각하는 것을 말합니다. 이런 식의 사고는 자기가 한 일이 완전히 잘못되었다는 결론에 도달하게 만듭니다. 자신감은 몰라보게 위축되고, 일을 하고 싶은 흥이 나지 않습니다. 집으로 돌아와서 가족들과 시간을 보내는 것도 싫어집니다.

다음에 이와 유사한 상황이 벌어지면 지난번에 못했던 일들이 떠올라서 평소처럼 공부를 하려고 해도 못하게 됩니다. 악순환은 바로 이렇게 시작되는 것입니다. 정작 오늘 해야 할 중요한 핵심을 잊게 합니다. 그래서 또 다른 실수가 벌어지고 악순환이 강력하게 작용합니다.

많은 후배들이 자신의 잘한 일을 너무 금세 잊어버리는 경향이 있습니다. 그리고 못했던 일에 지나치게 의식하고 집착합니다. 집착은 문제 해결에 도움을 주지 못하고 오히려 현재 생활을 좀먹는 데도 말입니다.

1월의 마지막 날입니다. 새해도 벌써 한 달이 흘렀습니다. 지난 한 달 동안 잘못한 10에 얽매여 성공한 90은 본체만체하지는 않으셨나요? 이제 1월은 마무리하고 2월부터는 다시 뜻을 세워 장점 90에 집중해 보겠다 다짐해 보세요. 지나간 실수를 만회하고 싶다면 이 순간부터 90에 전심전력하기를 부탁드립니다.

인생 자체가 하나의 잔치입니다

2 월의 이야기

여러분이 목표를 확고하게 세우지 않으면 시간만 흘러
가고 마음관리는 금세 흐지부지됩니다. 뜻을 새롭게 정
하십시오. 십대의 열정으로 높은 꿈과 희망을 품고 도전
해 보십시오. 여러분의 미래가 달라질 것입니다.

뜻을 정하는 방법

옛날에 밝은 덕을 천하에 밝히고자 한 사람은 먼저 그 나라를 다
스렸으며, 그 나라를 다스리고자 한 사람은 먼저 그 집을 다스렸
고, 그 집을 다스리고자 한 사람은 먼저 그 몸을 다스렸다. 그 몸
을 다스리고자 한 사람은 먼저 그 마음을 다스렸고, 그 마음을 다
스리고자 한 사람은 먼저 그 뜻을 참되게 했으며, 그 뜻을 참되게
하고자 한 사람은 먼저 그 앎을 이루었다. 앎을 이루는 것은 사물
을 궁구함에 있다. 사물을 궁구한 후에 앎이 이루어지고, 앎이 이
루어진 후에 뜻이 참되게 되며, 뜻이 참되게 된 후에 마음이 바르
게 되고, 마음이 바르게 된 후에 몸이 닦이며, 몸이 닦인 후에 집
안이 바로잡히고, 집안이 바로잡힌 후에 나라가 다스려지며, 나라
가 다스려진 후에 천하가 평안하게 된다. 천자에서 서민에 이르기
까지 모두 자신의 몸을 닦는 것이 근본이다. 근본이 어지러운데
말단이 다스려지는 법은 없다.

『대학』

이것은 제가 좋아해서 늘 되새기는 글입니다. 이 글에 저는
마음관리법의 핵심이 담겨 있다고 생각합니다. 마음을 제대로
훈련하지 않고서는 자신의 몸을 다룰 수 없습니다. 몸과 마음
을 다룰 수 없는 사람은 자신의 집을 다룰 수 없습니다. 가장

중요한 것은 마음을 다스리고 훈련하는 일입니다. 마음훈련의 가장 기본은 뜻을 정하는 것입니다. 바른 뜻을 세우고 목표를 세우는 것이 중요합니다.

이제 새해도 한 달이 지났습니다. 정말 한 달이 금세 지나가지요. 일 년도 이처럼 지나갑니다. 여러분이 목표를 확고하게 세우지 않으면 시간만 흘러가고 마음관리는 금세 흐지부지됩니다. 뜻을 새롭게 정하십시오. 십대의 열정으로 높은 꿈과 희망을 품고 도전해 보십시오. 여러분의 미래가 달라질 겁니다. 힘내십시오. 그리고 남은 방학 기간은 정말 더욱 시간을 잘 쪼개어 멋지게 가꾸십시오. 추운 겨울, 공부하기 힘들고 지치지만 이 기간은 더 높은 도약과 진보를 위해 묵묵히 준비해야 할 시기입니다.

힘내십시오. 결코 여러분의 노력이 헛되지 않을 것입니다.

나의 가장 친한 친구

2차 대전 중에 있었던 일입니다. 스타이저 박사는 전쟁터에서 막 돌아온 한 젊은 해군 장교에게 물었습니다. "전쟁터에서 가장 기억에 남는 일은 어떤 것이었습니까?" 그러자 그는 이렇게 말했습니다.

"우리는 북대서양의 잠수 지역을 항해하고 있었는데 근처에 적의 잠수정이 있다는 것을 알고 모두 긴장하고 있었지요. 그 운명의 날에 나는 동트기 훨씬 전에 일어났습니다. 꼭 함교로 나가 봐야겠다는 생각이 들어서였지요. 나 역시 두려움을 느끼고 있었어요. 우리 배는 유럽으로 가는 1만 명의 미군을 태운 수송선이었습니다. 나는 그들의 안전에 대하여 막중한 책임감을 느끼고 있었지요. 선장과 함께 함교로 올라간 지 30분쯤 지나자 태양은 동쪽 수평선에서 불그스레 올라오기 시작했습니다. 우리는 그 아름다운 광경을 황홀하게 바라보았습니다. 우리는 그때 동시에 그것을 포착했습니다. 어뢰가 하얀 꼬리를 그리며 우리 배를 똑바로 겨냥해 다가오고 있는 것을 말입니다! 엄청난 일이었습니다! 우리의 육중한 배를 돌려 어뢰를 따돌릴 만한 시간이 없었습니다. 선창 안에서 자고 있는 1

만 명의 병사들을 생각하면서 선장은 이렇게 소리쳤습니다. '실제 상황이다!' 선장은 전 승무원들에게 전투 배치를 명령했습니다. 그러나 전혀 쓸데없는 짓으로 보였습니다.

갑자기 아무도 예측하지 못한 일이 벌어졌습니다. 좌현으로부터 구축함이 물살을 가로지르며 달려오고 있었습니다. 이 작은 배의 선장도 어뢰를 보았던 것입니다. 나치 잠수정에서 쏜 어뢰가 우리 배를 똑바로 겨냥하여 다가가고 있는 것을요…. 그 젊은 선장은 엔진실에 명령했습니다. '전 엔진을 우로!' 그는 구축함을 어뢰의 경로에 맞추었지요. 그 배는 어뢰와 그대로 충돌하여 그 젊은 선장을 포함한 승무원들과 함께 가라앉았습니다. 그는 그 명령이 자신과 승무원들의 목숨을 잃게 할 것이라는 것을 알았습니다. 그러나 단 1초도 망설이지 않았지요. 그는 타인을 위하여 기꺼이 목숨을 바쳤던 겁니다. 그 선장이 누구냐고요? 그는 나의 가장 친한 친구였습니다!"

저도 이 젊은 선장과 같은 친구를 사귀고 싶습니다. 그러기 위해 제가 먼저 그런 친구가 되겠습니다. 이런 사람이야말로 진정한 21세기의 리더라고 생각합니다. 후배님들 중 한 명이라도 그런 사람이 된다면 좀더 살기 좋은 사회가 되리라 확신합니다. 저도 열심히 노력할 테니 우리 함께 노력합시다!

내 교훈을 잊지 말고 굳게 지켜라. 이것은 너의 생명과도 같은 것이다.

너는 악인들이 가는 곳에 가지 말고 그들의 행동을 본받지 말아라.

너는 악한 길을 피하고 그들의 길로 가지 말며 돌아서라.

악인들은 나쁜 짓을 하지 않으면 직성이 풀리지 않으며 남을 해치지 않으면 잠이 오지 않는다.

그들은 악의 빵을 먹고 폭력의 술을 마신다.

의로운 자의 길은 점점 밝아져서 완전히 빛나는 아침 햇빛 같으며 악인의 길은 캄캄한 어두움과 같아서 그들이 넘어져도 무엇에 걸려 넘어졌는지조차 알지 못한다.

「잠언」 4 : 13~19

학교에서 잘 나가는 친구들의 모습을 보면 그럴싸해 보입니다. 그래서 '나도 일진에 들고 싶다. 나도 짱들하고 어울리고 싶다' 하는 생각이 들기 마련입니다. 하지만 겉모습에 현혹되면 안 됩니다. 정말 그 친구들의 마음을 보면 매우 측은한 생각이 들 것입니다. 좋은 친구를 사귀기 위해서는 먼저 내 마음이 준비되어야 합니다.

기도와 감자

한 노파가 낡은 의자에 앉아 있었습니다. 그 노파는 쪼글쪼글 주름진 얼굴에 헝클어진 머리, 배가 몹시 고파 구부정한 모습이었지요. 몇 날 며칠이고 그 의자에 앉아 그녀가 먹어 온 식사는 오직 하나, 감자뿐이었습니다. 그런데 싫든 좋든 그 감자마저 이제 다 떨어져 버리고 말았습니다. 노파는 한숨을 내쉬었습니다.

"어쩌면 좋을고, 누구한테 가서 감자를 좀 얻어 오나?"

그때 갑자기 길 건너에 사는 집사 한 사람이 생각났습니다. 그는 예배드리는 일과 기도하는 일에 열심이었는데 지하실에 감자도 잔뜩 가지고 있었습니다. 노파는 생각했습니다. '사람을 보내서 그 집사를 좀 오라고 해야겠군. 그 사람은 감자를 많이 가지고 있으니 그중 얼마를 내게 줄 수 있을 거야.'

사람을 보내자 그 집사는 곧장 달려왔습니다. 오면서 그는 이 노인네를 위해 자기가 할 수 있는 일이 무엇일까 생각했습니다. 물론 감자에 대한 이야기를 꺼내리라고는 꿈에도 생각지 못했지요. 노파의 집에 당도한 그는 즉시 그녀에게 무엇이 가장 필요하냐고 물었습니다. 순박한 노파는 그가 자기 청을 들어주리라 생각하고 서슴없이 "감자요"라고 대답했습니다.

그러나 집사는 지금까지 그런 생각을 한 번도 해 본 적이 없었습니다. 그는 자기 집에 잔뜩 쌓여 있는 감자를 다른 사람들에게 나누어 주기보다 그들을 위해 설교하고 기도하는 일에 더 열성적인 사람이었기 때문입니다. 따라서 그 노파가 한 말이 귀에 들어오지 않았지요.

그는 하나님께 지혜와 인내와 은혜를 주십사고 간구했습니다. 그가 "주여, 이분에게 평강을 주시옵소서"라고 기도하자 노파는 한숨을 쉬며 "감자를 주시옵소서"라고 웅얼거렸습니다.

그 집사는 난감해졌습니다. '이 일을 어찌해야 좋단 말인가. 기도하는데 빌어먹을 감자 소리는 왜 하는 건지.' 그는 창피하기까지 했습니다. 그래서 황급히 기도를 마치고는 집으로 돌아가려고 일어섰지요.

그러나 그 집 문을 나서자 곧 마음 깊은 곳에서부터 "배고픈 자에게… 감자를 주어라" 1하는 소리가 들려왔습니다. 그 소리는 그가 자기 집에 당도할 때까지 계속 들려왔고, 한밤중 꿈속까지 따라왔습니다.

"배고픈 자에게… 감자를 주어라."

그 소리를 더 이상 견딜 수가 없게 된 그는 한밤중에 일어나 옷을 입고 지하실로 내려가 잔뜩 쌓여 있는 감자 중 가장 좋은 것들만 골라 한 자루를 급히 담아 과부의 가난한 오두막 집으로 갔습니다.

노파는 잠이 오지 않아 문도 잠그지 않은 채 있었습니다.

집사가 들어가 마룻바닥 위에 그 감자들을 쏟아 놓자 그 노파는 기뻐서 어쩔 줄 몰라 했습니다. 이제 그녀의 얼굴은 초췌해 보이지도, 파리해 보이지도 않았습니다.

"자, 이제 우리 함께 기도할까요?"라고 집사가 말하자 노파는 무릎을 꿇으며 대답했습니다.

"그럼요, 집사님이 하세요."

그래서 그 집사도 마룻바닥 위에 무릎을 꿇었습니다. 집사가 기도를 하는데 그런 기도를 해 보기는 생전 처음이었습니다. 이제는 당황스럽거나 부끄럽지 않았고 기도가 술술 나왔습니다. 그 기도는 자유로워진 영으로부터 흘러나오는 아름다운 기도였습니다. 과부는 집사의 기도에 대해 "아멘!"으로 화답했습니다. 그리고 이제 감자 이야기는 더 이상 하지 않았지요.

여러분도 가난한 자들을 위해 기도하나요? 혹시 기도만 하고 있지는 않나요? 그들에게 평강과 은혜, 영적인 양식과 지혜를 주시고 그들을 인도해 주십사고 기도해 주십시오. 그러나 그들에게 감자를 주는 것 또한 잊지 마세요.

진실한 사랑은 말로만 해서는 이루

어지지 않습니다. 행함 없는 사랑은 거짓된 사랑이니까요. 자신만 알고 공부 잘하는 학생들은 세상에 많습니다. 이웃도 생각하며 공부도 잘하는 탁월한 학생들은 그리 많지 않습니다.

부탁드립니다. 부디 후자의 사람이 되도록 오늘 하루도 최선을 다해 준비하시기를….

직업 무

　그녀는 먼동 틀 때 일어나서 하루의 일과를 시작합니다. 아침 식사를 맛있게 장만해 놓고 아이들 얼굴을 씻깁니다. 그런 다음 교과서와 도시락은 잘 챙겨 넣었는지 살펴봅니다.

　아침 설거지를 다 끝낸 후 그녀는 이 방 저 방을 깨끗이 청소합니다. 이때 한쪽 눈으로는 놀고 있거나 누워 있는 아기를 연신 살펴봅니다. 때로는 아이들 간식을 마련합니다. 그런 다음에는 며칠 사이에 세탁기 가득 쌓인 빨래를 시작합니다.

　오후에는 다리미질을 합니다. 남편의 바지도 아주 근사하게 다려 놓습니다. 그러다 보면 어느새 아이들이 학교에서 돌아오고, 그녀는 아이들을 환한 미소로 맞이합니다. 배고프다고 투덜대는 아이들을 위해 정성 어린 저녁을 준비해 줍니다.

　식사 후 아이들의 숙제와 준비물을 챙겨 주다 보면 저녁 시간이 금방 지나갑니다. 아이들은 번번이 "엄마!"를 찾습니다. 가방이며 문제집이며 아무 데나 내팽개쳐 놓고는, 필요하면 무조건 엄마부터 부르고 봅니다. 그런 아이들의 뒤치다꺼리에 그녀는 쉴 시간이 전혀 없습니다.

　그런데도 인구 조사를 하는 아저씨는 언제나 그녀 이름 옆에 '직업 무'라고 적어 넣습니다. 그녀는 바로 저의 어머니십니다.

저를 지금까지 키워 주신 어머니께 진심으로 감사드립니다. 그분의 사랑과 희생이 없었다면 저는 존재하지 않았을 것입니다.

사랑하는 후배들, 이 다음에 성공하면 효도하겠다고 말하지 마세요. 부모님은 기다려 주지 않거든요. 일주일에 딱 한 번만이라도 어머니께 진심으로 감사하다는 말을 해 드리세요. 그 한마디에 어머니는 행복해하실 거예요.

어머니, 감사해요. 그리고 영원히 사랑합니다.

| 2월 6일 |
지혜의 유익

내 아들아, 내가 하는 말에 귀를 기울이고 주의 깊게 들어라. 그것을 네게서 떠나지 말게 하고 네 마음에 깊이 간직하라. 내 말은 깨닫는 자에게 생명이 되고 온몸에 건강이 된다.

「잠언」4 : 20~22

몸과 마음이 건강하려면 우리가 꼭 해야 할 일이 있습니다. 바로 지혜의 소리에 귀를 기울이는 것입니다. 저를 포함하여 대부분의 사람들은 이 소리에 귀를 막습니다. 오히려 주변의 소음들에 더 많이 귀를 기울입니다. 그만큼 우리네 삶도 고단해지게 됩니다. 오늘부터라도 우리 함께 지혜의 소리에 주파수를 맞추어 봅시다.

| 2월 7일 |
평범한 여인

로자 팍스는 앨라배마 주 몽고메리에 있는 백화점에서 재봉일을 하는 아주 평범한 여인이었습니다. 그러나 1955년 12월 1일, 그녀는 역사를 만들었습니다!

로자는 그날도 일을 마치고 집으로 가는 버스를 탔습니다. 그러나 버스의 '흑인 전용' 좌석에는 빈 자리가 없었습니다. 그래서 로자는 중간 부분에 딱 하나 남아 있는 자리에 앉았습니다. 중간 부분은 백인이 앉지 않으면 흑인도 앉을 수 있었거든요. 버스는 계속 달렸습니다.

그렇게 세 정거장을 지났을 무렵, 몇 사람의 백인이 탔습니다. 그런데 그들 가운데 한 사람이 자리에 앉지 못했지요. 그러자 운전기사는 로자와 다른 세 사람의 흑인에게 백인이 '마땅히' 앉을 수 있도록 중간 부분 자리를 내주라고 말했습니다.

로자는 그때의 상황을 이렇게 말합니다.

"기사가 처음 말했을 때 우리들이 아무도 움직이지 않자 그는 다시 말했지요. 내가 그 말을 위협이라고 여겼던 것은 그가 '당신들 모두 몸조심하는 게 좋을 거요. 어서 자리를 비워 주시지' 라고 했기 때문이에요. 이 말에 다른 세 사람이 일어섰지요. 기사는 나에게도 일어서라고 하더군요. 나는 '싫어요!' 라고 했지요. 그러자 그는 '일어서지 않으면 경찰을 부르겠소!' 라고 했어요. 나는 '어디 한번 해 보세요. 날 잡아가 봐요!' 라고 했어요. 그러자 그는 화가 나서 얼굴이 붉으락푸르락 하더니 더 이상 내게 말하지 않았어요."

그 운전기사는 그녀를 경찰에 신고했고 결국 로자는 그날 밤 몽고메리 교도소에서 보내졌어요. 그러자 몽고메리에 있는 40명의 목사가 그 시의 버스 회사를 상대로 승차 거부 서명 운동을 했습니다. 이들 40명 중 젊은 목사 마틴 루터 킹 2세^{Martin Luther King Jr2}를 반대 운동을 이끄는 지도자로 선출했습니다. 나중에 그는 "내겐 꿈이 하나 있습니다…."로 시작되는 감동적인 연설로 인종차별 철폐운동의 선구자가 되었습니다.

그 뒤 로자는 14달러의 벌금형을 선고받았습니다. 그러나 그녀는 이 선고에 불복하여 대법원에 상고하였고, 마침내 이

판결을 뒤엎었지요. 이는 인종차별적인 법과 이를 정당화하는 조항들을 무너뜨린 치명적인 일격이었습니다.

　　로자처럼 평범한 사람들도 올곧게 뜻을 정하면 세상에 큰 영향을 줄 수 있는 사람으로 바뀌게 됩니다. 오늘 하루 여러분이 뜻을 정하면 자신의 인생과 우리 모두의 삶이 달라지게 됩니다. 힘을 내세요. 그리고 자포자기하시면 안 됩니다. 여러분 각자가 가지고 있는 다이아몬드 원석을 그냥 내버려 두면 안 됩니다. 힘들어도 한 번 더 힘을 내서 오늘도 최선을 다해 시간을 비옥하게 가꾸세요.

| 2월 8일 |
마음가짐에 달렸다

"우리 어머니에게 사치와 낭비란 없습니다. 예외가 있다면, 그것은 레이스 장식이 달린 잠옷이지요. 하지만 한 번도 입지 않으셨습니다.

　　'저 잠옷은 내가 병원에 입원하게 되면 입으려고 간직하고 있는 거란다. 하지만 난 아직 건강해.'

　　여러 해가 지나고 연로한 어머니는 알 수 없는 병에 걸리게 되셨습니다. 69번째 생신을 바로 앞둔 어느 겨울날, 어머니는 잠옷을 싸 들고 검사를 받기 위해 병원에 입원하셨지요.

의사는 최종 검사를 마친 뒤, 어머니의 사실 날이 몇 주밖에 남지 않았다고 알려 주었습니다. 검사 결과를 어머니에게 말씀드려야 할지 몰라 고민하다가, 결국 말씀드리지 않기로 했습니다…. 아직은 아니었지요. 대신 어머니의 생신날에 가장 비싸고 아름다운 잠옷과 가운을 선물하기로 했습니다. 어머니 당신이 병원에서 가장 아름답고 고상하다고 느끼실 수 있도록 말입니다.

선물을 드리자, 어머니는 한동안 아무 말씀이 없으셨습니다. 마침내 어머니는 선물 꾸러미를 한쪽으로 밀었습니다. '그걸 다시 무르는 게 어떻겠니? 난 내키지 않는구나'라고 말씀하시더니 신문에 난 한 유명 디자이너의 여름용 지갑을 가리켰습니다. '난 이게 정말 갖고 싶구나.' 평생을 검소하게 살아 오신 어머니가 왜 한겨울에 비싼 여름용 지갑을 사 달라고 하셨을까요?

나는 깨달았습니다…. 어머니는 바로 자신이 얼마나 살 수 있는 지를 묻고 계신 것이었지요. 어쩌면 어머니가 그 지갑을 쓸 수 있을 만큼 살 수 있다고 생각하신다면, 정말 그리 될지도 모릅니다. 내가 바로 그 지갑을 사 가지고 갔을 때, 어머니는 그것을 품에 꼭 안고는 얼굴 가득 어린아이 같은 웃음을 머금으셨습니다.

그 뒤 여러 해가 가고 그 특별한 지갑은 이미 많이 낡았습니다. 다음 주에는 어머니의 83회 생신을 축하드리게 됩니다! 세상에서 가장 값진 그 지갑은 앞으로도 잘 쓰일 것입니다."

이 글은 어떤 사람의 고백입니다. 그렇습니다. 모든 일은 결국 마음가짐에 달린 것이지요! 비록 그것이 죽고 사는 데 영향을 주는 유일한 이유는 아닐지라도 말이에요. 마음가짐은 우리의 삶과 죽음에 중요한 영향을 미친답니다. 내가 어떤 환자 옆에 서 있었을 때, 담당 의사가 내게 말했습니다.

"긍정적 마음과 희망을 가진 사람은 회복도 빠르고 죽을 병을 극복하는 경우도 종종 있습니다."

다시 한 번 말하지만, 마음먹기에 따라 인생은 달라질 수 있습니다. 마음을 정하면 상황조차 달라지게 됩니다. 새로운 한 달도 일주일이 금세 지나갔습니다. 행여 일주일간 시간을 비옥하게 쓰지 못했다면 이제부터라도 뜻을 정해 시작해 보세요. 최선을 다하는 것이 중요합니다. 여러분 각자에게 주어진 재능을 잘 활용하는 하루가 되기를 바랍니다.

| 2월 9일 |
언행 조심

더럽고 추한 말을 버려라. 거짓되고 잘못된 말은 입 밖에도 내지 말아라. 너는 앞만 바라보고 시선을 다른 곳으로 돌리지 말며 네 걸음을 조심하고 무엇을 하든지 확실하게 하라. 너는 곁길로 벗어나지 말고 네 발을 악에서 떠나게 하라.

「잠언」 4 : 24∼27

언어만큼 쉽게 물드는 것도 없습니다. 군대에 있을 때 욕을 많이 들었는데 어느새 내 입에서도 저절로 욕이 나오는 것을 보고 무척 슬펐습니다. 그때 배운 말이 머릿속에서 사라지는 데 참 오랜 시간이 걸렸습니다. 사랑하는 후배들은 잠언의 말씀을 항상 명심하세요.

좀더 시야를 넓게 가져라

미국 건국 초창기에, 미네소타 주와 위스콘신 주의 경계에 있는 미시시피 강둑에 지친 떠돌이 여인 한 명이 나타났습니다. 때는 겨울이었고, 거대한 강의 표면은 얼음으로 덮여 있었지요. 다리도 보이지 않았고, 이 고장이 초행인 그녀는 당황해하며 고민했습니다. '과연 건널 수 있을까? 얼음은 얼마나 두꺼울까? 과연 내 무게를 지탱할 수 있을까?' 얼음의 두께를 가늠할 수 없어 강 앞에서 그녀는 망설였습니다. 그렇다고 다시 돌아갈 수도 없었습니다.

밤 그림자가 이제 막 세상에 내려앉고 있었습니다. 그녀에게는 강 건너의 목적지로 가는 것이 더없이 중요했지요. 그녀는 어찌해야 할 지 몰랐습니다. 그러나 고민 끝에, 강을 안전하게 건널 방법을 생각해 냈지요. 바로 엎드려서 두 손과 무릎에 몸무게를 분산시키며 건너가는 것이었습니다.

그녀는 두려워 좀더 망설이다가, 광활한 미시시피 강을 기어서 건너는 길고도 조심스러운 여행을 시작했습니다. 아무 탈 없이 건너편에 도착하기를 바라며, 속으로 끊임없이 기도했지요.

강을 반쯤 건넜을 때, 큰 노랫소리와 함께 여러 마리의 말이 내달리는 소리가 들려왔습니다. 이윽고, 한 남자가 탄 마차와 말들이 산더미 같은 석탄 바리를 끌고 뿌연 먼지를 일으키며 강 건너편에 나타났지요. 마차꾼은 강변에 도착하자, 속도를 늦추지도 않고 곧바로 얼음 위로 내달리더니, 고래고래 노래를 부르며 건너가는 것이었습니다!

그 여자는 두 손과 무릎으로 기어가고 있는 자신이 갑자기 바보스럽게 느껴졌습니다. 그래서 아무 두려움 없이 일어서서 언 강을 건너 남은 길을 걸어갔습니다. 그 마차꾼과 말들은 벌써 저 멀리 사라지고 보이지 않았습니다!

청소년 시절을 질풍노도의 시기라고 합니다. 감정의 기복도 많고 감수성도 풍부한 시기입니다. 돌이켜 보니 아무것도 아닌 일에 걱정하며 밤잠을 설친 때도 있었고 괴로워한 때도 있었습니다. 그때는 그것이 너무 중요했는데, 내가 생각하는 것이 때로는 틀릴 수도 있다는 것을 조금씩 아시게 될 것입니다.

성적과 공부에 짓눌려 있는 귀한 후배들! 좀더 시야를 넓혀 보세요. 명문대 합격만이 인생의 성공자가 아니랍니다. 대학만 가도 금방 아실 거예요. 공부는 과정이지요. 그 과정을 통해 성실과 인내와 정직을 배울 수 있습니다. 주어진 시간, 성실하게 그리고 멋지게 보내세요.

|2월 11일|

어제와 내일

그러므로 내일 일을 위하여 염려하지 말라. 내일 일은 내일 염려
할 것이요. 한날 괴로움은 그날에 족하니라.

「마태복음」6 : 34

후배는 절대 염려할 필요가 없는 날이 매주 적어도 이틀은
있다는 사실을 알고 있나요? 이 이틀은 모든 염려와 두려움으
로부터 해방되어야 하는 날입니다.

그 이틀 중 하루는 어제입니다. 어제의 실수나 염려, 어제
저지른 큰 실책이나 어제의 아픔과 고통 등. 어제는 이미 우리
관할 밖의 일인데 무엇하러 다시 뒤돌아봅니까? 오직 하나님
만 해시계 위에 그림자를 드리우고 시간을 거꾸로 돌릴 수 있
습니다. 이미 영원 속으로 흘러가 버린 과거의 어느 날 저지른
실수 때문에 염려해 보았자 다 부질없습니다. 거기서는 아무
런 축복이나 유익도 없습니다. 이 세상에 있는 모든 돈을 주고
도 어제는 되돌릴 수 없습니다. 이미 저지른 행위나 내뱉은 말
을 없었던 것으로 만들 수도 없는 노릇이요, 이미 기록한 글
을 지울 수도 없는 노릇입니다. 어제는 벌써 지나갔습니다.

우리가 염려해서는 안 되는 날이 하루 더 있는데 그것은 내일입니다. 내일의 역정, 내일의 짐, 내일 있을 더 큰 문제들, 내일이 안고 있는 위험 등. 내일 일어날지도 모를 일들 중에서 대부분은 우리가 미리 알고 즉시 어떻게 대처할 수 있는 일들이 아닙니다. 이것은 누구나 다 아는 기정사실입니다. 내일의 태양은 내일 떠오를 것입니다. 하나님이 원한다면 찬란한 태양이든, 구름 뒤에 숨은 태양이든 아무튼 태양이 떠오를 것입니다. 따라서 내일이 오기 전까지 우리는 어떤 것도 기약할 수 없습니다. 왜냐하면 내일은 아직 오지 않았으니까요.

그렇다면 우리에게는 오직 한 날만 남습니다. 바로 오늘이라는 날입니다. 누구든지 한 날의 전쟁은 거뜬히 치를 수 있습니다. 우리의 하루하루가 버거운 이유는 당신과 내가 오늘이라는 하루에 무거운 시간 – 어제와 내일이라는 – 을 더 얹어 놓기 때문입니다. 그 중압감이 우리를 짓누르기에 오늘이 더 힘든 것입니다. 사람이 미치는 이유는 오늘 생긴 일 때문이 아닙니다. 사람은 어제 일어난 일에 대해 후회하거나 비통해하기 때문에, 그리고 내일 일어날 어떤 일을 두려워하기 때문에 미치는 것입니다.

사랑하는 귀한 후배들, 새 학기까지 이제 20일 정도 남았습니다. 추운 겨울 공부하느라 무척 힘드실 겁니다. 하루하루 시간을 비옥하게 가꾼다는 것은 자신의 인생을 성실하게 조각해

가는 과정입니다. 이 과정이 결코 쉽지는 않을 것입니다. 때로는 너무 힘들어 포기하고 싶을지도 모릅니다. 하지만 눈물과 땀으로 뿌린 씨앗은 결코 헛되지 않습니다. 조금만 더 참고 견디십시오. 새 학기까지 남은 시간 동안 겨울방학 공부, 계획대로 잘 준비하시기 부탁드립니다. 행여 지금까지 시간을 대충대충 보내고 새 학기 준비를 못한 분들이 있다면, 아직 20일이 남아 있으니 힘내시기 바랍니다.

오늘부터라도 할 수 있는 만큼 계획을 세워 조금씩 실천해 보십시오. 겨울방학을 이용하여 아침형 학생이 되기 위한 습관을 들이도록 훈련할 것을 부탁드립니다.

| 2월 12일 |
일평생 지켜 나갈 교훈 한 가지

시계를 자주 보는 사람이 성공한 예를 보지 못했습니다. 그들은 지금 하고 있는 일이 지루할 뿐만 아니라 가치 있게 생각되지도 않습니다. 그러므로 그 일은 성취될 수 없습니다. 일뿐만이 아니라 인간관계도 마찬가지의 결과를 가져옵니다. 마주 앉아서 시계를 자주 들여다보는 사람과 진실한 관계를 유지하려는 사람은 없을 테니까요.

발명왕 토마스 에디슨Edison, Thomas Alva은 시간의 구속을 전혀 느끼지 않았습니다. 한번 어떤 일에 열중하면 끼니도 잠도 안중에 없었습니다. 그리고 잠이 필요해서 침대에 들면 모든 일을 잊고 깊고 긴 잠을 잤습니다.

한 번은 에디슨에게 영국의 어느 신사가 자신의 아들을 데리고 와서 인사시켰습니다. 그는 아들이 에디슨을 직접 만나볼 수 있는 기회를 마련해 주고자 일부러 바다 건너 멀리까지 찾아왔던 것입니다.

"제 아들에게 일평생 지켜 나갈 교훈 한 가지만 말씀해 주십시오."

신사는 이렇게 에디슨에게 부탁했습니다.

"음, 착하게 생긴 아이로군. 그런데 결코 시계는 보지 말아라."

이렇게 말하면서 에디슨은 아이의 머리를 쓰다듬어 주었습니다.

물론 만사에 시간을 어겨도 좋다는 뜻이 아닙니다. 일을 할 때 어서 시간이 흘렀으면 하고 시계만 보며 태만하지 말고 일에 열중하라는 의미인 것입니다.

사랑하는 귀한 후배들, 새 학기가 시작하려면 이제 보름 정도가 남았습니다. 그동안 새 학기 준비가 소홀하셨다면 지금부터라도 새롭게 시작하십시오. 지금부터 새 학기 준비에 집중할 수만 있다면 얼마든지 멋진 새 출발을 할 수 있습니다.

사랑하는 귀한 후배들에게 꼭 해 주고 싶은 말이 있습니다. 부족한 선배의 말이지만 꼭 귀담아 주시길 부탁드립니다.

"대충하려면 지금 하고 있는 일을 포기하십시오. 포기할 수 없는 일이라 생각한다면 지금 하고 있는 일에 전념하도록 노력하십시오."

그것이 여러분의 인생을 바꿀 것입니다. 오늘 나에게 주어진 시간, 최선을 다해 집중하여 아름답게 가꾸시길 부탁드립니다. 오늘도 힘내세요.

값으로 평가할 수 없는 사진

한 거부가 있었다. 그에게는 아들이 한 명 있었는데 그 아들이 아주 어릴 때 아내가 죽었다. 아내가 죽자 아들을 보살펴 줄 가정부가 그 저택에 들어오게 되었다. 소년은 자라서 어른이 되었지만 오래 살지 못하고 죽었다. 아들이 죽자 마음 아파하던 거부도 곧 뒤따라 죽게 된다. 거부에게는 친척이 전혀 없었으므로 그 막대한 재산을 유산으로 남겨 줄 만한 사람이 한 사람도 없었다. 게다가 유서조차 발견할 수 없었으니 당국은 그의 재산 처리 문제를 두고 고민했다. 아무래도 그의 재산은 모두 국고로 넘겨야 할 것 같았다. 주 정부는 그가 살던 저택과 개인 소지품들을 경매에 부치기로 했다.

갓난아기 때부터 거부의 아들을 길러 온 가정부도 이제 나이가 들어 꽤 늙었다. 그러나 그 집에 들어가 일하기 시작했을 때와 마찬가지로 여전히 가난했다. 돈은 없었지만 그녀는 경매를 보러 갔다. 갖고 싶은 것이 꼭 하나 있었기 때문이다. 가구라든가 비싼 양탄자 같은 것은 물론 살 수 없었다.

그러나 벽에 걸려 있는 그림, 그 아들의 그림만큼은 꼭 갖고 싶었다. 그녀는 자기가 갓난아기 때부터 돌보아 온 그 아들을 사랑했다. 비록 피 한 방울 섞이지 않았지만 그녀에게는 소년이 아들이나 다름없었다.

소년의 그림이 경매에 부쳐지자 아무도 사려고 나서지 않았다. 그래서 그녀는 아주 싼값에 그것을 가질 수 있었다. 그림을 집에 가지고 왔는데 벽에 오랫동안 걸려 있었던 것이라 아주 더러웠다. 그녀는 사진틀 뒤를 뜯어 유리를 꺼내면 깨끗이 닦을 수 있으리라고 생각했다.

그런데 그녀가 사진틀을 뜯어내자 무슨 서류가 방바닥에 후두둑 떨어졌다. 그녀는 그것을 변호사에게 갖다 주었다. 변호사는 그녀에게 "그동안 어렵게 사시더니 이제 일이 아주 잘 풀리는가 봅니다. 죽은 거부가 이 그림을 살 만큼 자기 아들을 사랑하는 사람에게 자기 재산을 다 남겨 주겠다는 유서를 써 놓았군요"라고 말했다.

정말 마음이 따뜻해지는 글입니다. 사랑하는 귀한 후배들, 꼭 마음이 따뜻한 그런 사람이 되세요. 어려운 이웃에게 도움이 되는 사람으로 성장하시길 소원합니다. 오늘도 힘내세요.

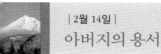

아버지의 용서

어느 추운 겨울날 저녁, 한 남자가 심장 마비를 일으켜 병원에 입원하게 되었습니다. 응급실에서 수술을 받고 병실로 옮겨지자, 그는 딸에게 전화를 해 달라고 간호사에게 부탁했습니다.

"이보시오, 난 혼자 살고 있소. 그리고 그 애는 나에게 유일한 가족이오."

그는 아픔 때문이 아니라 딸에 대한 그리움으로 눈물이 맺혀 있었지요.

간호사는 딸에게 전화를 했습니다. 딸은 몹시 놀라며 전화기에 대고 거의 울먹거리며 말했습니다.

"아버지를 제발 살려 주세요! 전 아버지와 1년 전쯤에 심한 말다툼을 하고 집을 나와 버렸어요. 정말 용서를 빌고 싶었는데 계속 미루다가 몇 달이나 아버지를 뵙지 못했어요. 제가 마지막으로 했던 말은 '아버지를 증오해요'였어요."

잠시 동안 침묵이 흐르고 도저히 슬픔을 참지 못한 딸의 울음소리가 들려왔습니다. 그녀는 간신히 울음을 멈추고 말했습니다.

"지금 갈게요. 30분이면 도착할 거예요."

얼마 뒤, 환자의 심장 박동이 멈추어 간다는 경보가 울렸습니다. 전화를 걸었던 간호사는 기도했습니다.

"오, 하나님. 이분 딸이 오고 있어요. 이렇게 끝내지는 마세요."

아드레날린을 주사하고 심장이 움직이도록 전기 충격을 주었지만 환자를 살리려는 의료진들의 노력은 수포로 돌아갔습니다. 환자는 죽고 말았지요.

간호사는 의사와 환자의 딸이 이야기하는 것을 들었습니다. 의사에게서 아버지의 이야기를 듣고 진료실을 나온 딸의 얼굴에는 슬픔과 후회가 가득했습니다. 간호사는 다가가서 그 여인을 한쪽 옆으로 데려가 말했습니다.

"상심이 크시겠어요."

딸은 울먹이며 대답했습니다. "전 아버지를 한 번도 미워한 적이 없었어요. 이제 아버지를 뵈러 가야겠어요."

간호사는 생각했습니다. '왜 자신을 더 괴롭히려 할까?' 하지만 차마 말로는 못하고 그녀를 병실로 데려갔습니다. 딸은 침대로 다가가 시트에 얼굴을 묻고 이제는 뻣뻣하게 굳은 아버지에게 흐느끼며 마지막 인사를 했습니다.

간호사는 그 슬픈 이별을 보지 않으려고 시선을 돌리다가 침대 옆에 종이쪽지가 있는 것을 발견했습니다. 그리고 그것을 슬픔에 빠져 있는 딸에게 건네주었습니다. 그 종이쪽지에는 이렇게 쓰여 있었죠.

"가장 사랑하는 도나, 널 용서한단다. 너도 나를 용서하렴. 네가 날 사랑하는 것처럼 나도 너를 사랑한단다. 아빠로부터."

사랑하는 귀한 후배들, 위의 일은 누구나 저지를 수 있는 잘못입니다. 좀더 일찍 용서했더라면 이러한 비극은 없었겠지요. 여러분도 혹시 이러한 잘못을 저지르고 있는 건 아닌가요? 그렇다면 더 이상 지체하지 마세요! 지금 당장 먼저 말을 건네세요.

오늘 하루도 최선을 다해 자신의 삶을 비옥하게 가꾸시기를 바랍니다.

|2월 15일|
지혜의 보물창고

마음이 지혜로운 사람은 좋은 충고를 받아들이지만 어리석게 지껄여 대는 자는 패망할 것이다. 정직한 사람은 안전하고 떳떳하지만 부정한 사람은 꼬리가 잡히고 만다. 죄를 눈감아 주는 자는 근심거리를 만들고 어리석게 지껄여 대는 자는 패망할 것이다. 의로운 사람의 입은 생명의 샘이지만 악인의 입에는 독소가 숨어 있다. 미움은 다툼을 일으켜도 사랑은 모든 허물을 덮어 준다. 분별력이 있는 사람의 입술에는 지혜가 있으나 지각없는 사람의 등에는 채찍이 기다린다. 지혜로운 자는 지식을 간직하지만 미련한 자는 함부로 지껄여 패망하고 만다.

「잠언」 10 : 8~14

보배로운 말들이 많아서 행복합니다. 한 구절 한 구절 마음에 새기고 또 새기세요.

여러분은 누군가를 미워해 보신 적이 있는지요? 그만 생각해야지 하면서도 미움이 자꾸 머릿속으로 들어옵니다. 그러면 미움은 시간이 흐를수록 눈덩이처럼 자꾸만 커집니다. 가만히 내버려 둔다고 미움이 사라지지는 않습니다. 문제는 미움이 내 마음속에 오래 있으면 마음의 평안과 기쁨도 그만큼 줄어든다는 사실입니다.

사랑은 허물을 덮어 준다고 합니다. 허물을 들추는 것은 최선이 아닙니다. 적어도 몇 번의 기회는 주어야 한다고 생각합니다. 그런데 요즘 사회는 그 한 번의 기회조차 허락하지 않는 것 같습니다. 흔히들 허물을 덮어 준다고 하면 부정부패를 연상합니다. 그러나 사랑을 기반으로 허물을 덮어 주는 것과 검은 돈으로 허물을 가려 주는 것은 분명 다릅니다. 그 사람이 깊이 잘못을 인정하고 반성한다면 무조건 매도하고 감옥에 보내는 것보다는, 한 번 더 기회를 주는 것이 낫다고 생각합니다.

왜냐하면 사랑의 힘은 사람을 변화시킬 수 있으니까요.

누군가를 지금 미워하고 있나요? 아니면 사랑하고 있나요? 사랑하는 사람에겐 기쁨과 평안이 있습니다. 물론 사랑받는 사람은 말할 것도 없지요. 사랑하십시오. 다른 사람의 허물을 덮어 주세요. 그러면 더 큰 사랑으로 돌아오게 될 것입니다. 인간은 누구나 실수할 수 있는 연약한 존재랍니다.

| 2월 16일 |
정말 행복한 사람

정말 행복한 사람은 어떤 사람일까요? 인생을 살다 뜻하지 않은 일이 발생해서 빙 돌아가야 할 일이 생겼을 때 그 우회로에 있는 풍경을 즐길 줄 아는 사람입니다.

여러분도 지금 당장 눈앞의 것만 급급해하지 말고 주위를 둘러볼 수 있는 여유를 가지세요. 사랑하는 후배들 모두 우회로에 있는 풍경을 즐길 줄 아는 사람이 되기를 간절히 바랍니다. 모두들, 오늘도 힘내세요!

미룬 결정

로널드 레이건Ronald Reagan 전 미국 대통령은 결단의 필요성을 십대 초에 배웠습니다.

어느 날, 상냥한 친척 아주머니 한 분이 그에게 신발을 한 켤레 맞추어 주려고 제화점으로 데려갔지요. 로널드의 발 치수를 잰 후 제화공이 물었습니다.

"구두 발끝을 둥글게 만들어 줄까? 아니면 네모나게 할까?"

어린 로널드는 쉽게 마음을 정할 수가 없었습니다. 그러자 제화공은 "하루나 이틀 뒤에 다시 와서 어떤 걸 원하는지 말해 주렴!" 하고 소년을 돌려보냈습니다.

며칠이 지나 제화공은 우연히 길에서 로널드를 만나 구두 모양을 정했는지 물었습니다. 소년은 머뭇거리며 "아직 결정하지 못했어요"라고 대답했습니다. 그러자 제화공이 말했습니다.

"잘 알았다. 그럼 내일 구두를 만들어 놓을 테니 찾아가거라."

다음 날 로널드가 신발을 찾아와 보니 한 짝은 발끝이 둥글었고 한 짝은 네모났습니다.

훗날 레이건은 이 일을 떠올리며 말했습니다.

"그 신발을 보고 나는 큰 교훈을 얻었지요. 그것은 바로 스스로 결정하지 않으면 다른 누군가가 나 대신 결정한다는 것입니다."

결정…. 결정! 그것이 크건 작건 간에 인생은 많은 것들 중 하나, 혹은 양자간 선택의 연속으로 이루어집니다. 그리고 십대일 때 인생의 가장 중요한 몇 가지 결정을 반드시 내려야 하지요. 학교를 마치면 바로 직장을 가질 것인가 아니면 대학이나 직업학교로 갈 것인가? 누구랑 인생을 함께할 것인가? 어떤 삶을 살 것인가? 마약과 쾌락에 탐닉할 것인가? 이런 결정들은 아마 여러분의 평생을 따라다닐 것입니다.

신중한 결정은 여러분이 앞으로 얼마나 가치 있는 삶을 살 것인지, 그리고 얼마나 소중하고 의미 있는 삶을 살 것인지를 결정하는 데 중요한 역할을 합니다. 저 역시 늘 선택이 제일 어려운 일이었습니다. 청소년 시절부터 올바른 결정을 내릴 수 있는 마음훈련이 중요합니다. 제가 누누이 여러분께 뜻을 정하라고 하는 이유는 그것이 결국 현명한 선택을 위해 첫 단추를 끼우는 일이기 때문입니다. 오늘 하루도 순간순간 자신이 뜻을 세운 대로 지혜로운 선택을 하시기 바랍니다. 지나간 시간은 다시 돌아오지 않으니까요.

말이 많으면 허물이 드러나게 된다

말이 많으면 죄를 짓기 쉬우니 말을 삼가는 사람이 지혜로운 자이다.
의로운 사람의 혀는 순은과 같으나 악인의 생각은 별로 가치가 없다.
의로운 사람의 입술은 많은 사람을 양육하지만 미련한 자는 지각
이 없으므로 죽고 만다.

「잠언」10 : 19~21

　제가 가장 좋아하는 잠언 구절 중의 하나가 바로 말이 많
으면 허물을 면하기 어렵다는 말입니다. 아무리 좋은 말이라
도 말이 많아지다 보면 실수가 생기기 마련입니다. 말은 하다
보면 자꾸 살이 붙고 많아지게 됩니다. 어떤 때는 말을 적게
하려고 결심하고 또 결심해도 한번 시작한 말이 자꾸 꼬리를
잇게 돼서 중단할 수 없는 것을 경험하셨을 겁니다. 말을 많이
해서 손해 보았던 경험들을 한번 생각해 보세요. 정말 많지
요? 저도 그렇습니다. 그래서 저는 매일 아침마다 이런 기도
를 하곤 합니다.

　"하나님, 오늘 하루도 제 입술에 파수꾼을 세워 주셔서 선한
말이 나올 수 있도록 도와주세요. 제발 말조심하게 해 주세요."

　그런 다음 스스로 다짐합니다. '나쁜 말은 입 밖에도 내지

말아야지. 남을 격려하고 힘이 되는 말만 해야지. 남을 탓하고 잘못을 들춰내는 말은 하지 말아야지.'

저는 새벽의 마음관리 시간을 통해 오늘 하루 어떤 지혜로운 말을 해서 나와 남들에게 힘을 줄까 생각합니다. 사랑하는 인생의 후배님들, 오늘 해야 할 말과 하지 말아야 할 말을 생각했나요? 생각을 한 날과 그렇지 않은 날의 차이가 무척 크답니다. 아직 하지 않으셨다면 지금이라도 미리 생각하십시오. 30초면 됩니다. 여러분의 선한 말과 격려의 말 한마디를 통해 세상이 밝아진다는 것을 잊지 마세요.

| 2월 19일 |
결혼 생활 십계명

여러분 모두가 멋진 어른으로 성장해서 아름다운 이성 교제를 하고 행복한 결혼 생활을 하게 되기를 진심으로 바라며 이 글을 드립니다.

1. 배우자를 어머니나 아버지나 아들이나 딸보다 앞에 두십시오. 당신의 배우자는 평생을 함께할 동반자이기 때

문입니다.

2. 과식, 담배, 마약, 술 등으로 당신의 육체를 혹사시키지 마십시오. 그렇지 않으면 당신은 사랑하는 사람들과 함께 오랫동안 인생을 건강하게 살아갈 수 없습니다.

3. 사업, 취미, 오락 때문에 자녀들에게 낯선 이가 되지 않도록 하십시오. 부모가 자녀에게 줄 수 있는 가장 값진 선물은 바로 함께하는 시간입니다.

4. 청결함이 미덕이라는 사실을 잊지 마십시오.

5. 당신의 배우자가 청하기 전에 먼저 모든 소유물을 기꺼이 나누도록 하십시오.

6. "사랑해요!"라는 말을 항상 염두에 두십시오. 당신의 사랑이 변함없다 해도 배우자는 늘 그 말을 듣고 싶어 합니다. 서로의 눈을 바라보며 그렇게 말하십시오.

7. 배우자의 찬성이 다른 수백 명의 동의보다 항상 더 값지다는 사실을 기억하십시오. 배우자와 뜻을 같이하려면 매사에 충실하고 정직하십시오.

8. 집을 잘 수리하고 결혼 생활을 활기차게 영위하십시오. 그러면 노년의 즐거움도 함께 따르지요.

9. 배우자의 잘못을 넓은 아량으로 용서하십시오. 가능한 한 많은 사랑으로 용서하십시오. 용서받을 필요가 없는 사람이 누가 있겠습니까?

10. 평생 하나님을 공경하십시오. 그러면 당신의 자녀와

손자, 손녀들이 자라서 당신을 존경하고 축복할 것입니다.

이것을 단지 재미있는 읽을거리가 아니라 행복한 결혼 생활을 위한 지침으로 받아들이세요. 아무리 좋은 말도 행동으로 옮겨지지 않으면 쓸모가 없습니다.

열한 번째 항을 덧붙이자면, 배우자에게 이 계율들을 강요하지는 마십시오. 이런 지침들은 사랑이 우러나와 자연스럽게 행해져야 의미가 있으니까요.

| 2월 20일 |
나 같은 사람도 살 가치가 있을까

혹시 1962년 2월 20에 일어난 일을 알고 있습니까? 그날은 바로 미국의 우주 비행사가 타고 있는 캡슐이 1,000마일이 넘는 공중으로 발사된 날입니다. 이 캡슐은 우주 궤도로 들어가 4시간 동안 지구를 세 바퀴나 돌았습니다. 그러고는 우주복을 입은 한 용감한 승객을 안전하게 태우고, 우주 항공국 과학자 팀이 미리 지정해 놓은 대서양의 한 지점에 정확하게 착륙했지요.

그와 같은 과학자들의 연구 성과를 보고 온 세계 사람들이 매혹되었습니다. 60년대 초에 그런 여행을 계획하는 것이 어떻게 가능했을까요? 이미 인간이 달을 걸어 다니고, 다시 사용할 수 있는 우주 왕복선을 수차례나 쏘아 올리는 시대에 살고 있는 우리에게 그것은 호랑이 담배 피던 시절의 이야기가 되었습니다. 그러면 우주선의 정확한 궤도를 예상하고 계획하는 것이 어떻게 가능할까요?

그 업적은 여러분이 아마 한 번은 들어 보았을 한 사람의 공로로 가능했습니다. 바로 존 케플러Johannes Kepler입니다. 그런데 그는 세 가지 불운을 안고 태어났지요. 케플러는 1571년 미숙아로 태어났습니다. 당시 의사는 그가 하도 약하고 미숙하게 태어났기 때문에 생존 확률이 백만 분의 일도 안 된다고 그의 부모에게 말했습니다. 그러나 그는 살았지요!

게다가 네 살 때는 천연두에 걸려서 그 후유증으로 절름발이가 되었고 시력도 약해졌습니다. 그가 좀더 자라서는 그의 부모가 그를 미쳤다고 단정하고 정신 병원에 보내기도 했지요.

그러나 그는 인생이 그에게 안겨 준 불행을 이겨 내고 의미 있는 일을 하는 사람이 되고자 결심했습니다. 그는 천문학자가 되고 싶어 했던 거지요.

이 사람이 바로 행성 운동의 세 가지 법칙을 발견한 사람입니다. 그리고 천체를 자세히 관찰할 수 있는 천체 망원경의 볼

록 렌즈 원리도 발견했지요. 그뿐만이 아닙니다. 그는 미적분학의 기본 원리도 발견했지요.

케플러의 이러한 발견이 없었다면 인류의 우주 계획은 아직도 땅 위에서 맴돌았을 것입니다. 아니, 우주 계획이란 말 자체가 없었을 것입니다. 태어나자마자 의사로부터 사망 선고를 받은 거나 마찬가지였던 그가 이루어 낸 업적은 이렇게 많습니다.

간혹 삶이 힘겨워질 때 '나 같은 사람도 살 가치가 있을까?' 라는 생각이 든다면 케플러를 기억하고 힘내십시오. 오늘 하루도 자신의 삶을 의미 있고 가치 있게 가꾸어 나가십시오.

화를 다스림의 유익

좀처럼 화를 내지 않는 사람이 용사보다 낫고 자기를 다스릴 줄
아는 자가 도시를 정복하는 자보다 낫다.

「잠언」 16 : 32

이건희 삼성 그룹 회장은 천재란 "10만 명을 혼자서 먹여
살릴 수 있는 사람"이라고 말했습니다. 그렇다면 천재보다 더
뛰어난 인재를 뭐라고 표현할까요? 저는 "진정한 리더"라고
표현하고 싶습니다. 천재성을 지닌 인재들이 마음껏 자신의
실력을 펼칠 수 있도록 그들을 진심으로 격려하고 일할 환경
을 마련해 주는 사람, 천재를 다룰 수 있는 사람이 21세기 진
정한 리더인 것입니다. 천재는 열린 마음과 밝은 눈을 가지고
찾으면 발견할 수 있습니다. 그리고 그 천재성을 잘 교육하고
다듬으면 놀라운 성과를 거둘 수 있습니다.

그러나 진정한 리더는 천재보다 찾기 힘듭니다. 청소년 시
절부터 매일 조금씩 조금씩 훈련되고 다듬어져야 진정한 리더
로 성장할 수 있기 때문입니다. 하루 아침에 하늘에서 뚝 떨어
지는 것이 아니지요. 어느 순간에 사람이 확 바뀌어서 훌륭한

리더가 되지도 않습니다.

　천재를 발견하고 쓸 줄 아는 진정한 리더가 되기 위해서는 먼저 자신을 다스리는 훈련을 부지런히 해야 합니다. 자기를 다스린다는 것은 자신의 마음을 다스리는 것입니다. 마음을 다스릴 줄 아는 사람은 쉽게 화를 내지 않습니다. 물론 무조건 참기보다 화를 꼭 내야 할 상황에서는 냅니다. 그래서 마음관리에 있어 분노를 참는 것은 최고의 고급 훈련 과정이라고 합니다.

　나는 사랑하는 후배들이 자기 분야에서 진정한 리더로 우뚝우뚝 자리 잡기를 바랍니다. 그런 마음으로 몸이 아프지만 꾹 참고 이 글을 쓰고 있습니다. 우리 나라와 이 세상을 진정으로 변화시킬 수 있는 사람은 바로 자신의 마음을 다스리는 사람입니다. 이 점을 꼭 마음속에 새기기 바랍니다.

그 어떤 것도 나를 굴복시키지 못한다

그 사건은 독일 뮌헨 올림픽에서의 1만m 육상 경기가 진행되는 가운데 일어났습니다. 이 경기에는 핀란드에서 온 라세 비렌이라는 남자 선수가 참가했지요. 사람들은 그가 이 경기에 참가했는지조차 몰랐습니다. 그는 세계 랭킹 15위권에도 들지 않은 그야말로 무명 선수에 지나지 않았기 때문이지요. 그러나 그는 올림픽을 위하여 그 누구보다 열심히 훈련해 왔고 이 격렬한 경기에 자신을 바쳤습니다.

육상 경기장에는 8만 5,000명이 넘는 관중들로 가득했습니다. 이윽고 출발 신호를 알리는 총성이 울리자, 75명의 선수들이 경주로를 25바퀴 돌기 위하여 출발했습니다. 라세 비렌은 평생 가장 멋진 경기를 하고 싶었습니다. 뮌헨 올림픽은 그에게 있어 생애 가장 큰 기회였지요! 그러나 2바퀴 반 정도 돌았을 때, 우승 후보자가 다른 선수에게 팔다리를 치여서 경주로 밖으로 나가떨어졌습니다. 안타깝게도 이 선수는 의식을 잃고 쓰러졌지요. 그런데 이 선수가 쓰러질 때 머리로 비렌의 뒤꿈치를 건드려, 그만 비렌도 쓰러지고 말았습니다. 10년 넘게 훈련해 왔는데, 일생일대의 경기에서 불의의 사고를 당한다면 여러분은 어떻게 하겠습니까?

비렌은 어떻게 했을까요? 그는 다시 벌떡 일어나 남은 경주를 위하여 자신 있게 뛰기 시작했습니다. 이윽고 관중들은 한 편의 드라마가 눈앞에서 펼쳐지고 있는 것을 보고 기립하여 소리 높여 응원하기 시작했지요. 관중들은 눈앞에서 경기를 보고 있으면서도 믿을 수가 없었습니다. 비렌은 계속 달렸지요. 그는 꼴찌를 제치고, 선두를 따라잡고 제쳐서 1만m 경주 부문 올림픽 신기록을 세우면서 결승선을 첫 번째로 통과했습니다.

후에 라세 비렌은 인터뷰에서, 자신이 경주로 위에 쓰러졌을 때 만일 이 경기에서 승리할 수 있다면 아무것도 자기를 굴복시킬 수 없을 것이라는 강한 확신이 들었다고 말했습니다.

나는 그가 경기 도중에 쓰러진 충격으로 오히려 승리할 수 있었다고 믿습니다. 그것은 일종의 충격 요법이었지요! 경주가 주는 심리적 압박감과 넘어졌다는 불운이 다른 상황에서는 끌어낼 수 없는 잠재된 에너지를 분출하게 만들었습니다. 좌절이나 실패가 여러분의 내면에 어떤 작용을 하고 있습니까? 그대로 주저앉아 버리겠습니까, 아니면 다시 한 번 우뚝 일어나겠습니까?

성적을 기준으로 자신을 바라보는 지금의 교육 현실을 탓하기만 하면 주저앉을 수밖에 없습니다. 그 어떤 것도 자신의 가능성과 꿈을 빼앗아 갈 수 없도록 하십시오. 포기하지 마세요. 곧 새 학기가 시작됩니다. 새 학기를 위해 마음준비를 더욱 단단히 하시면서 마음의 여유도 가지시기를 부탁드립니다. 오뚝이처럼 좌절하지 않는 마음으로 하루를 보냅시다. 그리고 따뜻한 이웃이 되는 훈련도 잊지 마세요.

| 2월 23일 |
걸어 다니는 교훈

1953년의 어느 오후, 기자들과 관리들, 성직자들, 그리고 환영 위원회가 1952년의 '노벨 평화상' 수상자를 기다리며 시카고 철도역에 모여 있었습니다. 시카고 시 전체도 기대와 흥분 속에서 그를 맞이하고 있었습니다. 드디어 기차가 도착하고 그 사람이 기차에서 내렸습니다. 193cm가 넘는 키에 똑바른 자세, 까치집같이 부스스한 머리, 콧수염을 하고, 카키색 면제품의 소박한 정장에 타이를 맨 기골이 장대한 남자였지요. 그의 트레이드마크 가운데 단 한 가지 빠진 것이 있다면 자귀풀로 만든 차양 모자였습니다.

사진 기자들의 카메라 셔터가 여기저기에서 터지고, 시 관료들이 악수를 청하러 다가갔습니다. 그들은 시의 열쇠를 선물하고 그를 만나서 정말 영광이라고 말했습니다. 그것은 형식적인 행사였지요.

그도 정중하게 감사를 표했습니다. 그런데 그를 치하하는 관료들의 어깨너머로 뭔가를 보고 걸음을 멈추었지요. 그는 관료들에게 잠깐의 양해를 구했습니다. 그러고는 빽빽한 군중들 사이를 재빠르게 조금도 주저함 없이 걸어가더니, 꽤 크고 무거워 보이는 옷 가방을 힘겹게 들고 가는 노부인에게 다가 갔습니다. 아무도 그 여인을 도와주려 하지 않았지요. 군중들은 이제 막 기차에서 내린 그에게 시선을 집중하고 있었으니까요. 그 노부인은 기차 여행을 마친 뒤 집으로 가는 길이 틀림없었습니다.

그는 그 부인에게 목례를 하고 두 개의 옷 가방을 큰 손으로 들어 올려 수하물 야적장으로 운반했습니다. 거기서 버스 운전사가 가방을 건네받아 버스의 선반 위로 올렸지요. 그는 거기서 그치지 않고 노부인이 버스에 타는 것을 도와주고 자리까지 잡아 준 후 그녀에게 안전한 여행이 되기를 기원해 주었습니다. 그에 덧붙여 다른 누군가에게 그녀가 편안하고 안전하게 여행을 마치도록 도와 달라고 부탁했습니다. 이런 수고를 하면서도 그의 얼굴은 내내 미소 짓고 있었지요.

그동안 이 광경을 목격한 군중들은 아무도 도와주려 하지 않았던 것에 대하여 다소 죄책감을 느꼈을 것입니다. 그는 아무 일 없었다는 듯 군중들 쪽으로 돌아서서 말했습니다.

"기다리게 해 드려서 죄송합니다."

환영식은 계속되었습니다. 그렇지만 아주 숙연한 분위기에서 치러졌지요. 환영식장에는 무언가 따뜻하고 말로 표현하기 힘든 기운이 감돌았습니다. 그런 분위기는 느낄 수는 있지만 글로 표현하기란 쉽지 않지요. 하지만 이 일이 준 교훈은 명백했습니다.

그 노벨상 수상자는 세계적으로 유명한 선교 의사 알베르트 슈바이처였습니다. 아프리카에서 가장 가난한 이들을 도우며 평생을 보냈던 사람입니다. 환영 위원 가운데 어떤 관리는 〈시카고 타임즈〉 지의 기자 한 사람을 돌아보고 이렇게 말했습니다.

"나는 처음으로 걸어 다니는 설교를 보았어요."

진정한 리더에게는 특별한 향기가 있습니다. 그들은 주변 사람들에게 활력과 새로운 희망을 줍니다. 실력만 뛰어나고 다른 사람들을 자신의 성공을 위한 도구로 이용하는 사람들과는 질적으로 다릅니다. 이 책을 읽는 여러분 가운데서 그런 사람이 많이 나오기를 바라는 마음으로 간절하게 한 글자 한 글자 써 내려갑니다. 오늘도 파이팅입니다.

새 학년 새 학기를 맞이하는 후배들에게

모르는 것을 부끄러워하여 묻지 않는다면 끝내 모를 것이요, 모른
다고 생각하여 반드시 알려고 한다면 마침내 알게 될 것이다.

정자程子

이 말은 성리학의 대가인 정자 선생님의 이야기입니다. 제
가 개인적으로 마음 깊이 담아 두는 이야기입니다.

이제 곧 새 학년 새 학기가 시작됩니다. 새로운 시작을 준비
하는 사랑하는 후배들에게 선배로서 꼭 해 주고픈 이야기가
있습니다. 이미 『다니엘학습 실천법』을 보신 분들은 아시겠지
만 전 무척 소심한 편입니다. 혼자 공부하다 이해하지 못한 어
려운 문제들을 수업 시간에 무척이나 질문하고 싶었습니다.
그런데 손을 못 들 때가 더 많았습니다. 왜냐고요? 왠지 나 혼
자 튀는 것 같아 질문하는 것이 두려웠답니다. 그리고 수업 시
간에 혼자서 너무 질문을 많이 하는 것 같아 친구들에게 눈치
가 보였습니다. 참 바보 같죠! 전 아주 소심한 바보였답니다.
물론 지금도 그런 편이지만.

그래서 질문하고 싶은 문제들을 다 못 물어볼 때가 더 많았습니다. 그런 문제들이 한두 개씩 쌓이면서 저의 실력도 점점 떨어지고 있다는 것을 알게 되었습니다. 제 자신에 대하여 화가 났습니다. 난 왜 이 모양일까? 왜 이렇게 소심하고 쓸데없는 걱정이 많을까? 소심한 제 자신이 밉고 너무 싫었습니다. 쉽게 바뀌지 않는 성격 때문에 무척 낙담하기도 했습니다. 하지만 그런 싫은 모습도 제 모습이기에 조금씩 인정하고 받아들이기 시작했습니다.

　그리고 한 가지 뜻을 세웠습니다. '물어볼 것이 있으면 물어보자. 단 수업 시간에 질문하기 힘들면 쉬는 시간에라도 선생님께 찾아가서 질문하자.'

　그 뒤부터 저는 소심한 성격에도 불구하고 원하는 질문을 다 할 수 있게 되었습니다. 질문을 통해 얻게 된 깨달음은 굳이 외우려 하지 않아도 머릿속에서 잘 잊혀지지 않습니다.

　이제 시작될 새 학년 새 학기에는 꼭 저처럼 뜻을 정하십시오. '모르는 것은 그냥 넘어가지 않겠다. 끝까지 묻고 또 물어 내 것으로 만들겠다.'

　이런 결심을 하고 실천할 수만 있다면 이번 학기는 분명 달라질 것입니다. 여러분 모두 꼭 뜻을 세워 정진하실 것을 부탁드립니다.

사람이 교만하면 수치를 당하지만 겸손한 자에게는 지혜가 따른다.
정직한 사람의 성실은 그를 인도하지만 신실하지 못한 사람은 정
직하지 못한 것 때문에 망하고 만다. 재물은 심판 날에 아무 쓸모
가 없어도 정직은 생명을 구한다. 흠 없는 사람은 의로운 행실로
그 길이 평탄하지만 악한 자는 그 악 때문에 넘어질 것이다. 정직
한 사람은 의로움으로 구원을 받지만 정직하지 못한 사람은 자기
악에 사로잡히고 만다. 악인이 죽으면 그의 희망도 사라지고 세상
에 걸었던 모든 기대도 무너진다.

「잠언」11 : 2~6

가끔 세상이 불공평하다는 생각이 들 때가 있습니다. 어떤
사람은 정말 성실하게 노력하는데도 하는 일마다 안 되는데,
어떤 이는 부모 잘 만나서 돈을 흥청망청 쓰면서 나쁜 짓은 골
라서 하는데도 잘 사는 것처럼 보이기 때문입니다. 여러분 주
변에도 이런 경우가 있을 것입니다. 여러분도 때로는 불공평
하다는 생각이 드시나요? 하지만 이것도 세상의 한 모습입니
다. 그렇다고 속상해하지는 마세요. 이것이 전체의 모습은 아
니랍니다. 인생은 짧은 것 같지만 상당히 길답니다. 그래서 지

금 얼핏 보기에 악한 사람도 잘되는 것처럼 보이지만 그것은 그때 잠시뿐이랍니다. 시간이 지나면 지날수록 정직하고 성실한 사람은 앞서 나가기 마련입니다.

한탕 잘해서 일생을 편하게 잘 먹고 잘 살아야지 하면서 요행을 바라지 마시기 바랍니다. 그런 유혹이 여러분의 마음에 자꾸 찾아온다면 단호하게 물리치십시오. 저는 여러분이 묵묵히 바른 길을 걷는 사람이 되기를 바라지 꼭 위대한 인물이 되어 위인전에 나오는 사람이 되라는 것은 아닙니다. 자기 자리를 우직하게 성실함과 정직함으로 지키는 사람이 진정한 영웅이라고 저는 생각합니다. 우리는 너무 지나치게 앞만 보고 달리려 합니다. 그래서 주변에 누가 있는지조차 모르고 살기도 합니다.

제가 누누이 여러분께 마음관리의 중요성을 말씀드리는 이유는 요즈음 사회 구조가 주변을 돌아볼 마음의 여유를 빼앗기 때문입니다. 아침과 저녁 마음관리 시간을 통해 자신의 삶을 돌아보고 마음의 여유를 회복하기 바랍니다. 마음이 넉넉한 엘리트로 성장하기 바랍니다.

이제 곧 새 학기가 시작됩니다. 행여 겨울방학 동안 성실하게 보내지 않았다면 오늘이라도 뜻을 정해 지나간 것을 반성하고 실수를 반복하지 않도록 다짐하십시오. 새 학기라는 시간은 모든 학생에게 주어지지만 그 시간을 어떻게 보내느냐에 따라 극과 극의 결과를 낳게 됩니다. 시간은 다시 돌아오지 않는답니다. 여러분 모두가 남은 시간을 효율적으로 사용할 수 있는 지혜를 갖길 바랍니다.

| 2월 26일 |
거절하는 법

모든 종류의 유혹을 떨치는 것이 말처럼 쉬운 것은 아닙니다. 여러분에게 술이나 담배, 혹은 마약을 해 보라고 권하는 사람이 있다면, 아래에 있는 거절하는 법을 따라해 보세요.

- 질문을 던져라. 자신이 무슨 일을 하고 있는지 엄하게 물어보라.
  "왜 담배가 피우고 싶지?"
  "밤에 머리가 아파지면 어떡하지?"
- 문제를 생각해라. 하려는 일이 어떤 일인지를 직시하라.
  "마약은 불법이야."
  "담배 피우면 폐암 걸려."
- 결과를 생각하라. 그 일을 하면 어떻게 될지를 생각해 보라.
  "마약하다가 걸리면 구속이야."

"이렇게 오늘 밤을 보내면, 앞으로는 다른 애들이 나를 이
  용하게 되는 거야."
● 대안을 생각하라. 시간을 즐겁게 보낼 수 있는 다른 방법
  을 생각해 보라
  "야, 영화나 보러 가자."
  "농구하지 않을래?"
● 빠져나와라. 내키지 않는 상황이라면, 다른 사람 눈치 보
  지 말고 빨리 빠져나와라.
  "미안하지만, 나는 빠질래."

　생각하기에 따라서는, 유혹을 피할 수 있는 방법은 무궁무
진합니다. 짐이라는 친구의 경우를 봅시다.

　"저와 제 친구는 술이나 마약을 하는 것이 싫어서, 그룹을
하나 만들었어요. 열 명쯤 되는 친구들이 모여서 서로 나쁜 짓
에 빠지지 않게 도와주기로 한 것이죠. 항상 같이 다니면서,
일주일에 한 번씩은 피자집에 가서 어떻게 서로를 도와줄 건
지 계획을 세웠습니다. 주로 유혹을 견디지 못하고 갈등하고
있는 친구에게 이야기를 해 주면서, 마약 같은 것은 전혀 자신
에게 도움이 되지 않는다는 것을 확신시켜 주었어요. 유혹에
빠지는 대신 우리끼리 재미있게 놀자고 그랬죠. 우리의 노력
은 확실히 효과가 있었습니다."

확실히 말하지만, 술이나 마약, 담배를 안 한다고 해서 뭔가 빼먹은 듯한 기분을 느낄 필요가 전혀 없습니다. 그러니 재미 삼아 해 보는 것도 삼가십시요. 잠깐 기분이 좋아지려고 남은 인생 전체를 망치는 격입니다. 담배와 술, 마약 없이도 잘 지내 온 사람들을 본보기로 삼고 혹시 지금 그런 것에 빠져 있는 사람들은 도움을 청하고 거기서 빠져나오도록 하십시요. 인생을 즐겁게 보낼 수 있는 좋은 방법들이 있답니다.

이제 새 학년 새 학기가 시작됩니다. 어떠세요? 새 학년 새 학기 마음의 준비는 되었나요? 요즘 많은 청소년들이 과도한 흡연과 음주를 합니다. 공부에 대한 스트레스와 중압감, 사회 곳곳에 널려 있는 유혹들이 그들을 니코틴 중독자, 알콜 중독자로 만들고 있습니다. 심지어 마약에 손을 대는 친구들도 있습니다. 자신을 소중히 여기세요. 나를 소중히 여기지 않는 사람은 남도 소중히 여길 수 없답니다. 새 학년 새 학기엔 이런 각오를 포함시키면 어떨까요? 금주, 금연 말입니다.

여러분의 걱정거리, 스트레스를 정면으로 돌파해야 합니다. 회피하면 늘 도망만 다녀야 합니다. 여러분들은 마음을 굳게 먹고 여러분의 소중한 꿈을 잘 가꾸어 가기를 부탁드립니다.

왜 너는 형제의 눈 속에 있는 티는 보면서 네 눈 속에 있는 들보는
보지 못하느냐? 네 눈 속에 들보가 있는데 어떻게 형제에게, '네
눈 속에 있는 티를 빼내 주겠다' 하고 말할 수 있느냐? 위선자야,
먼저 네 눈 속의 들보를 빼내어라. 그러면 네가 밝히 보고 형제의
눈 속에 있는 티도 빼낼 수 있을 것이다.

「마태복음」 7 : 3∼5

　인간은 누구나 자기중심적인 성향이 있습니다. 물론 위선
적인 면도 가지고 있습니다. 내가 더 잘못하면서도 다른 사람
에게는 똑바로 하라고 소리치는 것이 바로 우리 인간입니다.
위선인 줄 알면서도 우리는 그것을 반복합니다. 내가 하면 올
바른 소리이고 다른 사람이 하면 위선이라고 생각합니다. 진
정한 리더는 자신이 실천하지 않는 것을 남에게 강요하지 않
습니다. 아무리 좋은 것일지라도 자신이 하지 않으면서 다른
사람에게 충고하는 것은 바른 태도라 하기 어렵습니다. 남을
판단하고 정죄하는 일은 쉽습니다. 하지만 자신을 먼저 돌아
보고 나의 큰 잘못들을 고치는 일은 쉽지 않습니다. 청소년 시
절 이런 훈련을 조금씩 할 수만 있다면 그의 미래는 다른 이들

과 너무나 큰 차이를 나타낼 것입니다.

저는 아침마다 몇 가지 다짐을 해 보는데, 그 중의 한 가지는 내가 먼저 실천하고 나 자신을 먼저 돌아보자는 것입니다. 상대적인 기준에 우쭐대거나 만족하지 말고 보다 높은 목적을 위해 살기로 결심합니다. 남들과의 비교에서 오는 만족감 대신 나 자신과의 묵묵한 싸움을 하기로 결심합니다. 이런 훈련을 자꾸 하다 보면 다른 사람을 판단하고 정죄할 시간이 아깝다는 생각이 들게 됩니다. 차라리 그 시간에 자신을 돌아보고 나를 더욱 깊이 훈련하는 것이 시간을 비옥하게 보내는 것이라 생각하게 됩니다.

여러분이 승부를 내야 할 대상은 타인이 아닙니다. 바로 여러분 자신입니다. 이 승부를 회피하지 마시고 정면으로 맞서기를 간곡히 부탁드립니다.

공부는 닭이 알을 품는 것과 같다

다음은 송나라 성리학의 대가 주자의 글입니다. 공부하는 것이 어떤 것인지에 대하여 무척 쉽게 비유한 글입니다. 깊은 통찰력이 돋보이는 글입니다. 저 역시 그의 글에 깊은 동감을 합니다.

만일 아직 학문에 입문하지 못한 상태라면 다그쳐 공부해서도 안 되고 쉬엄쉬엄 공부해서도 안 된다. 이 도리를 알았다면 모름지기 중단하지 말고 공부해야 한다. 만일 중단한다면 공부를 이루지 못하나니, 다시 시작하자면 또 얼마나 힘이 들겠는가. 이는 비유컨대 닭이 알을 품는 것과 같다. 닭이 알을 품고 있지만 뭐 그리 따뜻하겠는가. 그러나 늘 품고 있기 때문에 알이 부화되는 것이다. 만일 끓는 물로 알을 뜨겁게 한다면 알은 죽고 말 것이며, 품는 것을 잠시라도 멈춘다면 알은 식고 말 것이다.

공부에 대한 노이로제에 걸린 학생들은 매우 많습니다. 고등학교 3학년 학생들 가운데 거의 4명 중 1명이 공부에 대한 우울증에 걸려 있습니다. 공부는 닭이 알을 품는 것과 비슷합니다. 한꺼번에 욕심을 내서 빨리 부화시키고 싶다고 뜨거운 물에 넣으면 알은 부화되기는커녕 죽게 됩니다. 공부도 마찬가지로 하루아침에 급격히 성적을 올리기 위해 무리한 계획을 세우면 며칠 못 버티다가 공부할 의욕마저 상실하게 됩니다.

공부하는 것이 싫다고 멈추게 되면 그동안 노력해 온 것은 금세 흐지부지되어 버립니다. 마치 알을 품다가 그만두면 알이 부화되지 않는 것과 같습니다. 공부는 꾸준히 할 수 있는 만큼의 계획으로 하는 것이 가장 좋습니다. 그동안 시간을 많이 낭비했더라도 그것을 한순간에 역전하려고 하면 오히려 일을 그르치게 될 확률이 높습니다. 꾸준히 하면서 자신의 수준에 맞는 공부 계획을 세우다 보면 엄청난 가속도가 붙게 됩니다. 차원 이동이 가능한 셈이지요.

사랑하는 귀한 후배들, 너무 과욕 부리지 마세요. 너무 쉬엄쉬엄 공부하지도 마세요. 높은 꿈과 희망을 바라보며 꾸준히 알을 품듯이 하십시오. 닭은 알을 품습니다. 힘들어도 끝까지 품습니다. 왜냐구요? 귀한 생명이 나올 것을 믿고 기대하며 희망하기 때문입니다. 여러분의 귀한 희망과 꿈이 힘들지만 열심히 인내하며 공부하는 여러분에게는 현실로 다가올 것입니다. 그날을 기다리며 조금만 더 힘내세요. 내일부터 이제 새 학년 새 학기입니다. 꼭 기억하세요. 어떻게 공부를 해야 하는지를. 오늘도 파이팅입니다.

웃음 띤 작은 눈인사를 실천해 보세요

3월의 이야기

고통은 사람을 위대하게 만듭니다. 고통은 오만한 콧
대를 꺾을 수 있습니다. 고통은 딱딱한 것을 부드럽게 만
들 수 있습니다. 그리고 고통을 용기 있게 극복하는 자만
이 슬픔을 이겨낼 수 있습니다.

강점을 구축하라

뛰어난 경영 컨설턴트인 피터 드러커Peter Drucker는 "약점에
신경 쓰지 마라. 자신의 강점을 파악해서 강점을 발휘할 수 있
는 업무에 최선을 다하라"고 말합니다.

〈샌프란시스코 크로니클〉에 실린 특집 기사에서는 "종업원
들이 보다 전념해야 할 것은 무엇인가? 자신의 강점을 구축해
야 하는가, 아니면 약점을 극복해야 하는가?"라는 질문을 제
기했습니다. 이에 대해 직업 컨설턴트 칼럼니스트이자 『초보
자를 위한 직업 찾기』의 저자 마티 넴코Marty Nemko는 매우 간
단하게 답을 내놓았습니다.

"연구 결과, 강점을 구축해야 보다 좋은 결과를 얻을 수 있
다는 사실이 밝혀졌다. 동일한 유전자를 가지고 동일한 환경
에서 살아가는 일란성 쌍둥이를 생각해 보자. 쌍둥이는 둘 다
수학 실력이 뛰어난데, 작문 실력은 젬병이다. 한 명은 수학
실력 연마에 최선을 다하고, 다른 한 명은 작문 연마에 최선을
다한다고 생각해 보자. 누가 좋은 결과를 낳겠는가? 말할 것
도 없다. 강점 구축에 전념하라."

증권 회사 찰스 스왑Charles Schwab의 부회장인 엘렌 딜세이버

Ellen Dilsaver 또한 이 같은 사실을 강조하고 있습니다.

"치명적인 약점만 없다면 강점 구축에 전념하고, 강점을 발휘할 수 있는 일을 찾아 나서라. 뛰어난 사고력이나 많은 사람을 손쉽게 사귈 수 있는 능력 또는 창업 능력과 같은 강점에 전념하면, 자신감이 솟아날 뿐만 아니라 뛰어난 능력을 발휘할 수 있다. 능력 향상은 좋은 결과를 가져오고, 직원을 유능하게 만든다."

강점에 전념하면 좋은 기분이 살아나고, 재능을 쉽게 향상시킬 수 있습니다. 또한 빠른 시간 안에 이룬 성공은 자신감을 불어넣고, 동기 부여가 돼서 한층 발전하게 됩니다. 결국에는 긍정적이고 생명력 넘치는 사이클이 생기지요. 자신의 능력을 즐겁게 발휘할 수 있습니다.

사랑하는 후배님들의 강점은 무엇인가요? 여러분에게만 있는 독특한 강점을 아직 잘 모른다면, 일주일간 마음관리 시간을 이용하여 구체적으로 찾아보십시오. 내가 잘 해내지 못하고, 자신 없는 것에 집중하면 패배 의식만 생깁니다. '난 안돼'라는 생각에 지지 마십시오. 여러분의 강점에 집중하고 그것을 활성화시키십시오. 그러면 나중에는 여러분의 약점도 점차 보완될 것입니다.

오늘부터 새 학년, 새 학기가 시작됩니다. 이번 학기부터는 여러분의 강점을 본격적으로 훈련하세요. 아직 포기할 때가 아닌 것 잘 아시죠? 역전의 기회는 여러분의 강점이 확실해질 때 시작됩니다.

새 학기의 길모퉁이에서

> 물건을 살 때는 좋지 않다고 말하면서도 돌아와서는 그 물건을 자랑하는 것이 사람이다.
>
> 「잠언」 20 : 14

인간의 마음은 참 간사합니다. 저와 여러분 모두 그렇습니다. 또한 한없이 약한 존재이기도 합니다. 그런 인간에게 주어진 놀라운 능력이 하나 있습니다. 바로 자유 의지라는 것입니다. 그것은 뜻을 정하는 일입니다. 따라서 무엇이든 본인 스스로 결정하고 거기에 따를 수 있습니다. 그래서 인간은 연약하나 포기하지만 않는다면 놀라울 만큼 변할 수 있는 존재입니다.

여러분은 날마다 뜻을 정하고 하루를 시작하고 있나요? 인생을 새롭게 변화시키는 힘은 바로 여기에 달려 있습니다.

그동안 많이 힘들었을 겁니다. 저도 힘들었던 적이 있어서

공감이 갑니다. 어떤 학생은 틀렸다며 이미 포기했을지도 모릅니다. 하지만 뜻을 정하고, 마음을 강하게 먹는다면 문제는 달라집니다.

힘들다고 포기하지 마십시오. 오늘 새롭게 다시 시작할 수 있습니다. 중요한 문제는 내가 뜻을 정하느냐 못 정하느냐의 문제입니다. 새 학기의 시작과 함께 다시 일어서십시오. 그리고 실천하십시오.

| 3월 3일 |
공부함에 있어서 가장 중요한 것은

처음 배우는 이는 무엇보다 먼저 뜻을 세워야 한다. 반드시 성인聖人이 되겠노라고 스스로 다짐하고 조금이라도 자신을 하찮게 여기거나 중도에 물러설 생각을 하지 말아야 한다. 평범한 사람도 타고난 본성은 성인과 똑같다. 비록 기질에 있어 맑고 흐리고 순수하고 잡됨의 차이는 있을 수 있다. 그러나 참되게 알아 실천하여 잘못된 습관을 버리고 타고난 본성을 되찾는다면, 털끝만큼의 보탬 없이 온갖 착함이 다 갖추어질 것이다. 그러니 평범한 사람이라 해서 어찌 성인이 되기를 바라지 않을 수 있겠는가?

이이李珥

올해로 10년째 봉사하는 희망 공부방에 24세 된 청년이 하나 있습니다. 제가 소중히 여기는 제자입니다. 전에 그는 체육대학교 유도학과에 다니는 학생이었습니다. 그런데 군대에서 복무하던 중, 새로운 꿈을 품게 되었습니다. 아프리카에서 슈바이처같이 의료 선교를 하겠다는 것이었습니다. 다시 공부를 시작해서 의대에 가야 했습니다. 그래서 군대를 제대하고 찾아와서는 배우기를 간곡히 부탁했습니다.

저는 그가 어느 정도의 실력을 갖추었나 테스트해 보았습니다. 중학교 1학년 수준밖에 안 되었습니다. 저는 그 친구에게 물었습니다.

"한국에서 의대에 입학하려면 얼마나 공부를 잘해야 되는지 알지?"

"네, 압니다."

"지금부터 의대에 갈 실력을 기르려면 적어도 2년 이상은 열심히 공부해야 하는데…. 할 수 있겠니?"

"네, 할 수 있습니다."

그리고 그는 공부하기 시작했습니다. 중학교 1학년 수학·영어 교과서부터, 아이가 걸음마를 배우듯이 배워 나갔습니다. 집안 형편이 어려워, 저녁에는 체육관에 나가서 아르바이트를 하고 오전과 오후에 공부방에 나왔습니다.

저는 묵묵히 목표를 향해 노력하는 그를 보면 기쁨을 느낍니다. 이렇게 열심히 준비하면 의대에도 분명히 진학할 수 있습니다. 그는 반드시 훌륭한 리더가 될 것입니다. 저는 확신합니다.

그 어떤 것과도 바꿀 수 없는 소중한 목표를 이루기 위해서는 먼저 견고하게 뜻을 세워야 합니다. 뜻은 마음을 의미합니다. 그렇기에 올바른 뜻은 가야 할 길을 바르게 비춰 줍니다. 그래서 뜻을 세우는 일이 중요한 것입니다.

사랑하는 후배들! 새로운 환경에 긴장감도 들겠지만 새로운 기회가 주어진 것에 감사하십시오. 그리고 자신의 꿈을 위해 준비하십시오. 아직 꿈을 발견하지 못했다면 지금부터 찾으십시오. 그리고 올바른 뜻을 세우기 바랍니다.

| 3월 4일 |
진실로 뜻을 세운 다음에는

무릇 스스로 뜻을 세웠다고 말하면서도 힘쓰지 않고 머뭇거리며 뒷날을 기다리는 사람은, 말로는 뜻을 세웠다고 하나 실제로는 공부하려는 성의가 없는 사람이다. 어질게 되는 것이 자신에게 달려 있어 하고자 하면 뜻대로 되는 것인데, 하물며 공부에 뜻을 둔다 하고 어찌 남에게서 얻으려 하며 뒷날을 기다리겠는가.

이이李珥

진정한 리더가 되고자 뜻을 세운 다음 필요한 것은 무엇일까요?

많은 학생들이 새 학기에 확고한 뜻을 세웁니다. 그리고 3일이 못 되어 좌절하고 다시 예전의 삶으로 돌아갑니다. 왜 그런 일이 반복될까요? 그것은 뜻을 세우는 일에만 만족하고 실제 공부하려는 노력이 부족하기 때문입니다. 마치 좋은 문제집을 잔뜩 사는 것만으로도 이미 공부를 다한 것처럼 대리 만족하는 것과 비슷합니다. 뜻을 세운 다음에는 실천하는 데에 온 힘을 기울여야 합니다.

뜻을 세운다는 것은 마음을 쏟는 것입니다. 뜻은 세워 놓고 열정은 다른 곳에 둔다면 꿈은 어디서 찾을까요? 형식적인 공부로는 원하는 바를 이룰 수 없습니다. 목표로 세운 학교와 학과가 있더라도 마음과 열정을 쏟지 않으면 진학하기는 어렵습니다.

사랑하는 후배들, 마음이 없는 형식적인 공부 습관은 이제 버리십시오. 인터넷과 연예인, 잠깐의 재미에 빼앗긴 마음을 되찾아야 합니다. 그리고 진정으로 원하는 일에 마음을 쏟아 부으십시오. 열정을 분산시키지 말고 성취하고 싶은 목표에 완전히 몰입하십시오. 그래야 꿈을 이룰 수 있습니다.

내가 꼭 알아야 할 모든 것

　어떻게 살아야 할지, 무엇을 해야 할지, 어떤 사람이 되어야 할지, 내가 꼭 알아야 할 모든 것은 유치원에서 배웠습니다. 지혜는 대학원이라는 높은 산꼭대기에 있는 것이 아닙니다. 그것은 어머니의 무릎 위에 있습니다. 다음은 내가 어머니께 배운 것들입니다.

　모든 것을 나누어 가질 것, 정정당당하게 놀 것, 사람을 때리지 말 것, 썼던 물건은 제자리에 갖다 놓을 것, 자기가 어질러 놓은 건 자기가 치울 것, 남의 물건에 손대지 말 것, 누군가에게 상처를 입혔으면 반드시 사과할 것, 먹기 전에 손을 씻을 것, 힘차게 뛰어놀 것, 하루 세 끼 꼭꼭 씹어 먹을 것, 밖에서는 차 조심하고, 친구와 손잡고 다닐 것, 균형 잡힌 삶을 살 수 있도록 적당히 배우고, 적당히 생각하고, 날마다 적당히 생활할 것, 그리고 색칠하고 노래하며 신나게 놀 것, 매일 오후 낮잠을 잘 것, 호기심을 갖고 사물을 주의 깊게 관찰할 것.

　여러분이 알아야 할 모든 것은 여기 어디쯤에 있을 것입니다. 황금률, 사랑, 그리고 기초 위생, 정치학, 평등, 그리고 건전한 생활 등이 이야기하는 바를 포함하고 있습니다. 멋진 수식어로 꾸며 놓지 않았을 뿐입니다. 우리가 이것들을 삶의 소중한 가치로 삼고 살아간다면 지금보다는 건강하고, 다툼 없고, 만족스럽게 살 수 있지 않을까요? 정부가 정책을 세울 때, 이것들을 기본으로 삼는다면 어떨까요?

어른이 되어 가면서 느끼는 것은 기본이 중요하다는 것입니다. 마음관리에서의 기본은 매일 규칙적으로 마음훈련을 하고, 뜻을 새롭게 정하는 일입니다. 새 학기에 하루도 빠지지 않고 마음관리 시간을 잘 지킬 수 있었으면 합니다. 건강한 마음을 소유한 십대를 만난다는 것은 정말 생각만 해도 가슴 벅찬 일입니다. 여러분의 소중한 마음이 더욱 건강하고 아름다워지기를 진심으로 바랍니다.

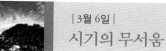

시기의 무서움

마음이 평안하면 육신도 건강하나 시기하면 뼈마디가 썩는다.

「잠언」 14 : 30

누군가를 시기해 본 적이 있나요? '나도 저 친구처럼 되고 싶은데 나는 왜 이 모양일까' 하고 말입니다. 그런 생각을 하다 보면 나도 모르게 그 친구에 대해 부정적인 말을 하게 됩니다. 이런 생각이 깊어지면 시기심이 생깁니다. 세상에 시기만큼 자신을 은밀하게 죽이는 것도 없습니다.

시기심에 대해 잠언에서는 뼈마디가 썩는다는 표현을 썼습니다. 시기심에 빠지면 마음속에 평안함은 온데간데없이 사라져 버립니다. 그리고 점점 성격은 공격적으로 변하게 됩니다. 시기심이라는 태풍은 내면의 정원을 황폐화시킵니다. 자기 자신에게 너무나 손해가 되는 일입니다. 그런데도 우리는 자주 남과 비교하면서 자기 연민에 빠지거나 상대방을 시기합니다. 안 좋은 일인 줄 알지만 시기하지 않기는 어렵습니다.

지금 현재 누군가를 시기하고 계시나요? 아니면 시기받는 대상인가요? 시기하지 마십시오. 그럴 시간이 있으면 자신의 강점을 키워 나가십시오. 남과 비교하여 자신의 약점을 뚫어 져라 보지 말고 자신만이 가진 강점을 바라보고 성장시키십시 오. 그것이 시기심에서 여러분을 보호하는 방법입니다. 새 친 구들을 사귈 때 시기심과 자기 연민, 이 두 가지를 조심하면서 좋은 친구들만 사귀기를 부탁드립니다.

| 3월 7일 |
뜻 세움의 중요성

뜻을 세움이 중요하다는 것은, 공부를 시작하고서도 행여 미치지 못 할까 걱정하면서 늘 물러서지 않을 것을 다짐해야 하기 때문이다.

이이李珥

옛날 학자들의 글을 읽으면 읽을수록 그 깊음에 머리가 숙 여집니다. 그중에서도 저는 율곡 이이의 글을 무척 좋아합니 다. 위 글도 귀한 이야기 중에 하나입니다. 뜻을 세움이 왜 중 요한가에 대하여 너무도 잘 설명해 주고 있으니까요. 마음속 깊이 새기기를 부탁합니다.

후배 여러분, 우리는 한 번쯤 물러설 수 있습니다. 하지만 다시 뜻을 정해 시작하십시오. 상황이 여의치 않다면 한 번 더 물러 설 수도 있습니다. 중요한 것은 물러선 뒤 다시 뜻을 모아 시작하는 것입니다. 더 이상 물러설 곳이 없는 데까지 밀린 친구들도 있을 것입니다. 힘들겠지만 의지를 다해 훌훌 털고, 다시 뜻을 정해 시작하십시오. 오늘 하루 물러서지 않겠다고 새롭게 다짐하며 시작하십시오.

| 3월 8일 |
엄마들이 수월하게 일을 하려면

집안일을 하다 보면 '엄마들' 도 녹이 슬고 고장이 납니다. 어떻게 하면 엄마들에게 기름칠을 할 수 있을까요? 엄마에게도 세탁기나 자동차처럼 품질 보증서라든가 서비스 점검이 있다면 좋을 텐데요. 이런 보증서가 있으면 엄마도 5년에 한 번씩 점검을 받고, 고장이 나면 수리도 받을 수 있지 않을까요? 만일에 그런 보증서가 있다면 말입니다.

- 연료 : 엄마들은 반찬 남은 것, 찬밥, 먹다 남은 차가운 음식 등을 무모하게 많이 드십니다. 그러니 이따금 아빠가

우아한 식당에서 멋진 식사를 사 주신다면 엄마가 얼마나 기뻐하시겠습니까?

● 동력 전달 체계 : 엄마와 자동차의 동력 전달 체계는 아마 가장 밀접한 상호 관계가 있을 것입니다. 엄마라는 차는 곤히 자던 아이가 갑자기 울면 바로 급출발하고 거기다가 최고 속도까지 내 버리지요. 자동차가 최대의 효율을 내기 위해서는 정기적으로 브레이크를 밟아 주어야 합니다.

엄마라는 자동차의 동력 체계에 기름칠을 하기 위해서는 1천 마일에 한 번씩 욕조에 몸을 담그고 한가한 시간을 보내거나 낮잠을 자도록 하는 것은 어떨까요? 아니면 5천 마일에 한 번씩 아기 보는 사람이 와서 도와주는 것은 어떨까요? 그리고 5만 마일에 한 번은 2주일 동안 아이 보는 사람이 같이 지내면서 아이를 봐 주는 것도 정말 괜찮은 일일 겁니다.

● 충전 : 엄마라는 배터리는 정기적으로 충전하거나 필요에 따라 수시로 충전을 해서 최고의 효과를 낼 수 있도록 해야 합니다. 특히 겨울철 아침에는 더욱 그렇겠지요. 아마도 장미나 사탕, 메모나 카드 그리고 뜻밖의 선물 같은 것이 그런 충전 역할을 해 줄 것입니다.

● 외관 : 엄마도 자동차와 마찬가지로 정기적으로 외관에 기름칠을 하고 정비를 해야 잘 작동합니다. 엄마의 옷은 계절이 바뀔 때마다 한 번씩 바꿔 줘야 하고, 규칙적으로 운

동을 하는 것도 좋습니다. 또한 머리 모양이나 화장에도 신경을 써 줘야 하지요. 외관이 느슨해지면 식이 요법, 조깅, 에어로빅, 헬스클럽 같은 것도 괜찮은 처방입니다.

● 튠업 : 정기적인 시행이 필요합니다. 다정한 말투로 칭찬해 주는 건 가장 저렴하면서도 훌륭한 방법입니다.

이런 조항들을 준수하다보면, 어떤 엄마라도 아프지 않고 가족들과 사랑하며 지낼 수 있을 것입니다. 한평생 아들을 위해 헌신하신 저의 어머니 생각이 납니다. 가슴 한구석이 시려 오네요. 잘해 드리지 못하는 제 자신이 참 부끄럽습니다. 이번 새 학기부터는 조금만 용기를 내서 마음속에 담아 둔 사랑을 부모님께 표현했으면 좋겠습니다.

새 학기도 벌써 일주일이 지나갑니다. 새로운 시작의 계절 3월, 하루하루 소중하게 여기기를 바랍니다. 중간고사 기간까지는 시간이 많이 남아 있습니다. 『다니엘학습 실천법』에 나오는 대로 3월 한 달을 생활 습관 재조정 기간으로 삼아 보세요. 엄청나게 업그레이드가 될 겁니다.

| 3월 9일 |
형제 간에 화목하라

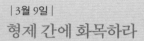

기분이 상한 형제의 마음을 돌이키는 것은 요새화된 성을 빼앗는 것보다 더 어려운 일이다. 이와 같이 한 번 다투게 되면 마음을 철문처럼 닫아 버리기가 쉽다.

「잠언」 18 : 19

많은 분들이 저를 우리 집의 에이스로 생각합니다. 그런데 사실 진짜 에이스는 제 동생입니다. 나이는 어리지만 저는 동생을 존경합니다. 제가 열 마디하며 할 것을 동생은 소리 소문 없이 묵묵히 실천하는 탓입니다.

동생은 화를 잘 안 내는 온순한 성격입니다. 저와 크게 한번 싸운 것 빼고는 싸운 기억도 없습니다. 그런데 얼마 전에 동생에게 혼이 났습니다. 싸웠다기보다 혼이 났다는 표현이 적절합니다. 그 일이 있은 후에 곰곰이 생각해 보니 동생의 말에 일리가 있었습니다. 하지만 속상한 것은 어쩔 수 없었습니다. 쑥스러운 생각도 들었습니다. 2주 정도가 흐른 후, 동생을 만났습니다. 왠지 어색했습니다. 하지만 제가 먼저 특유의 바보 흉내를 냈습니다. 그리고 나서 우리 형제는 원래대로 제자리를 찾았습니다. 동생이 형의 마음을 헤아려 그렇게 넘어가 준 것이 아닐까 하는 생각도 들었습니다.

혹시 가족 간에 어긋난 관계가 있나요? 그냥 두면 나중에는 회복이 불가능할 수 있습니다. 저처럼 바보 흉내 정도로 회복되지 않을 수 있습니다. 그러기 전에 오늘 당장 관계를 회복하기를 바랍니다.

| 3월 10일 |
은혜를 갚은 의사 이야기

유명한 내과의이자 외과의이기도 한 하워드 캘리 박사는 진실하고 성실한 사람이었습니다. 의과 대학 시절 캘리 박사는 학비 충당도 할 겸 여름방학을 이용해 책을 팔러 다녔습니다.

어느 날 목이 마른 그는 물 한 잔을 마시기 위해 농가에 들렀습니다. 한 소녀가 나왔지요. 물 한 잔만 달라고 하자 그 소녀는 예쁜 목소리로 "원하신다면 우유 한 잔을 드릴게요"라고 대답했습니다. 덕분에 캘리 박사는 새로 짠 신선하고 시원한 우유를 단숨에 들이켤 수 있었습니다.

그로부터 여러 해가 흘렀습니다. 캘리 박사는 의과 대학을 졸업하고 존스 홉킨스 병원의 외과 과장이 되었습니다. 하루는 몹시 아픈 환자가 병원에 입원했습니다. 수술이 필요한 환자였습니다. 노련한 캘리 박사는 환자를 완쾌시키기 위해 어떤 수고도 아끼지 않고 열심히 수술에 임했습니다. 수술 후 환자는 아주 빠른 속도로 회복되었습니다.

퇴원할 날이 다가왔습니다. 그 환자는 몹시 기뻤지만 병원비를 생각하니 걱정이 되었습니다. 청구서를 달라고 하자 간호사가 상세히 기록된 청구서를 가져왔습니다.

그녀는 무거운 마음으로 청구서에 적인 항목들을 읽어 내려가다 한숨을 내쉬었습니다. 그러나 조금 더 읽어 보니 청구서 제일 하단에 다음과 같은 메모가 적혀 있었습니다.

"한 잔의 우유로 모두 지불되었음!"

그 밑에는 켈리 박사의 사인이 있었습니다.

좋은 이야기입니다. 은혜를 잊지 않고 갚는 사람만큼 멋진 사람은 없다고 생각합니다. 여러분들도 이런 멋진 사람이 되길 바랍니다.

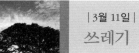

쓰레기

사용할 수 있을 때까지 사용해라 , 옷이 떨어질 때까지 입어라, 필요한 것이 없다면 그것 대신 다른 것을 가지고 하든지 아니면 그것 없이 해 봐라!

이것이 우리의 생활신조였습니다. 그러나 세월이 흐르면서 우리의 정신도 변했습니다. 우리는 폐품을 주워 쓰는 알뜰한 사람들이 아니라 멀쩡한 음식도 버리고, 장난감이 있어도 또 사고, 불필요한 사치품들을 사들이는 낭비하는 사람들이 되었습니다.

어느 회사의 경영 간부가 실수로 쓰레기통을 건드리는 바람에 그 안에 있던 쓰레기들이 다 밖으로 쏟아져 나왔다고 합니다. 그런데 그는 그 안에서 나온 쓸 만한 물건들을 보고 놀랐습니다. 아주 보기 좋은 메모 수첩, 새 봉투, 거의 새것이라고 할 수 있는 연필과 종이 끼우는 클립, 고무 밴드를 여러 개 발견했습니다. 돈으로 계산해 보니 480원 정도 되었습니다.

그는 회사 빌딩 안에 무려 2,500개의 쓰레기통이 있다는 사실을 깨달았습니다. 만약 그 쓰레기통 하나하나마다 480원 상

당의 물건이 들어 있다면, 하루에 1백 2십 만원씩 버린다는 뜻
이 됩니다. 일 년에 약 4억 3천 만원의 돈을 버린다는 것입니다.

　사실 우리는 이렇게까지 물건을 낭비하지는 않습니다. 그
렇지만 물건보다 더 귀한 시간을 아까운 줄 모르고 낭비할 때
는 많습니다. '나는 아직 젊어. 난 아직 시간이 많아.' 라고 생
각하기 때문입니다.

　청소년 시절 1시간의 가치는 어느 정도나 될까요? 시간당
아르바이트비가 3,000원 정도의 가치를 가질까요? 제가 생각
하기에는 5,000원 아니 1만원과도 비교할 수 없을 만큼 큰 가
치를 지닙니다. 한 번 지나가면 다시는 오지 않는 소중한 것이
시간입니다. 청소년 시절 1시간의 가치를 더욱 높이기 위해
부지런히 노력하십시오. 시간을 아끼고 또 아끼십시오. 그렇
다면 훗날 이때를 돌아볼 때 미소를 띠며 감사할 수 있을 것입
니다.

| 3월 12일 |

진정한 친구를 구별하는 확실한 방법

부유하면 새로운 친구가 계속 늘어나지만 가난하면 있던 친구도
떠나고 만다.

「잠언」 19 : 4

진정한 친구란 어떤 친구라고 생각하나요? 함께 PC방 가
서 오락하고 놀면 진정한 친구일까요? 늘 함께 노니깐 진실한
친구겠지,라고 생각하시나요? 많은 친구들 중에서 누가 진정
한 친구일까요? 진정한 친구를 구별하는 가장 확실한 방법으
로 두 가지가 있습니다.

1. 내가 힘든 상황에 닥쳤을 때에 내 곁에서 떠나지 않고
   격려해 주고 함께 있어 주는 친구인가?
2. 내가 정말 기쁜 상황을 만났을 때 진심으로 자기 일처
   럼 기뻐해 주는 친구인가?

이 두 가지 기준이면 진정한 친구를 구별할 수 있을 것입니
다. 귀한 후배들에게 꼭 부탁하고 싶은 것은 진정한 친구를 찾

는 노력보다 두 배의 노력으로 내가 먼저 친구들에게 진정한 친구가 되어 주라는 것입니다. 이 노력을 결코 게을리 하지 마십시오. 그것은 여러분 인생에서 가장 값진 선물을 얻게 하는 지름길입니다.

새 학년이 시작된 3월, 친구들과 깊은 교제를 나누며 아름다운 우정을 키워 나가십시오. 봄의 기운과 함께 푸른 새싹이 돋아나고 푸름이 생겨나듯이 여러분의 우정도 성장하기를 바랍니다.

| 3월 13일 |
사랑이라는 눈

엄마는 '요술 눈'을 가지고 계셨다. 하지만 어린아이인 나는 이것을 깨닫지 못했다. 내가 그 사실을 깨닫게 된 것은 꽤 어른이 되고 난 후의 일이다.

나는 가장 눈에 띄는 곳에 커다란 박달나무 한 그루가 있는 풍경화를 그려 엄마에게 갖다 드렸다. 엄마는 아름답다고 말씀하셨다. 몇 년이 지난 후, 나는 그림에서 가늘게 그려져야 할 나무 부분이 두껍게 그려져 있는 것을 발견하였다.

또 한번은 '어머니'라는 말을 수놓은 방석을 드린 적이 있었다. 그런데 내가 놓은 수는 바늘땀이 너무 듬성듬성 놓아졌고 고르지도 못했으며 바늘땀의 구멍은 너무 넓었다. 하지만 이번에도 엄마는 아름답다고 말씀하셨다.

나는 엄마가 내 작품들마다 모두 아름답다고 말씀하실 수 있었던 이유를 이제서야 알게 되었다. 엄마는 육안으로 그것들을 보신 것이 아니라 사랑이라는 '요술 눈'으로 보신 것이었다. 엄마는 이상한 모양의 가지가 달린 구부정한 나무를 보신 것이 아니라 엄마를 사랑하는 마음으로 정성스레 그림을 그리고 있는 딸의 모습을 보신 것이었다. 엄마는 구불구불하니 고르지 못한 바늘땀들을 보신 것이 아니라 바늘에 찔려 가며 수를 놓고 있는 딸의 작은 손과 손가락을 보신 것이었다. 엄마의 '요술 눈'은 선물 자체를 보는 것이 아니라 그 선물 뒤에 숨어 있는 딸의 사랑하는 마음을 보신 것이었다.

우리 모두에게는 이런 어머니가 있습니다. 하지만 우리는 어머니에게 친하다는 이유만으로 함부로 대할 때가 많습니다. 화를 내기도 하고 소리를 지르기도 하고 짜증을 내며 화풀이를 하기도 합니다. 한평생 갚아도 부족한 것이 어머니의 사랑과 은혜입니다. 어머니께 잘 대해 드리세요. 그리고 사랑한다는 쪽지도 보내 보세요.

여러분들이 사랑이라는 눈을 가지고 주변을 바라보는 멋진 리더들로 성장하기를 오늘도 소원합니다.

|3월 14일|
고통을 용기 있게 극복하라

그가 지닌 용기 때문에 사람들은 그를 '늙은 대나무'라 불렀습니다. 그의 어머니는 1767년 3월 15일 이 별난 반항아를 낳았을 때, 그를 앤드류라고 이름 지었습니다.

앤드류는 학교에는 관심이 없었습니다. 성질이 급하고 거칠었으며 13세에 군대에 자원입대하였습니다. 군인이 되고 나서 얼마 뒤 전쟁이 났고 그는 적군에게 포로로 잡혔습니다. 포로로 잡혀 있을 때 적군 장교의 장화 닦는 일을 거부했다가 칼에 맞기도 했습니다. 이것은 고통을 향한 앤드류의 첫걸음이었지요. 그는 그때의 상흔을 평생 지니고 다녔습니다. 그러나 그의 기질은 결코 변하지 않았습니다. 또한 앤드류는 타고난 싸움꾼이었습니다. 그는 논쟁을 해결하기 위하여 언제나 결투를 택했고, 그 때문에 몸에 두 개의 총알이 박혔습니다. 그것을 평생 동안 지니고 살아야 했습니다.

전쟁터에서의 종횡무진한 활약 덕분에 그의 이름은 용기를 상징하는 일상적인 단어가 되었습니다. 정치계에서 그를 불렀고 그는 그 제의를 받아들였습니다. 그 후 상원의원에 당선되었고 대통령 후보로까지 지명되었습니다. 그가 또 다른 종류의 고통을 경험한 것은 그때였습니다. 근소한 차이로 퀸시 아담스에게 지고 말았던 것입니다.

하지만 그는 포기하지 않았고 4년 뒤 다시 출마하여 대통령에 당선되었습니다. 그러나 대통령 취임 두 달 전에 사랑하는 아내 레이첼을 잃었습니다. 그는 비통한 심정에도 마음을 다잡아 계속 자신의 일을 추진해 나갔습니다. 훗날 그의 몸속에 박혀 있던 총알 가운데 한 개는 마취도 없이 수술로 제거되었습니다.

고통이 앤드류 잭슨을 위대하게 만들었다고 생각합니다. 고통은 오만한 콧대를 꺾을 수 있습니다. 고통은 딱딱한 것을 부드럽게 만들 수 있습니다. 그리고 고통을 용기 있게 극복하는 자만이 슬픔을 이겨 낼 수 있습니다. 이 교훈은 정치가, 대통령, 공직자, 사업가뿐만 아니라 모든 사람들에게 적용됩니다. 상처가 자신을 자포자기의 희생물로 만드는 것을 막으십시오. 고통받는 이는 고통을 통해 인격의 성숙과 발전을 얻게됩니다. 고통의 긴 터널을 지날 때 비로소 진정한 리더가 될수 있는 것입니다.

새 학기 공부가 생각만큼 쉽지 않나요? 방학 때 시간을 낭비하여 자신에게 실망했나요? 자신의 게으름이 원인이라면 겸손하고 정직하게 자신의 잘못을 인정하시고 반성하십시오. 그리고 오늘부터 다시 뜻을 정해 정정당당하게 공부와 한판 승부 하기를 바랍니다.

21세기, 진정한 리더를 꿈꾸며

책 읽기는 중단해서는 안 되지만, 마음을 공경히 하고 뜻 세움을 우선해야 한다. 그래야 책 읽기에서 찾아낸 이치가 자신의 행실에 나타나게 될 것이다. 만일 평소에 빈둥거리며 조금도 마음을 닦지 않거나 실천에는 뜻이 없고 그저 문장의 의미나 알아내 말이나 잘 하려고 한다면 비록 모든 경전을 다 통달하여 한 글자도 모르는 게 없다고 하더라도 무슨 이로움이 있겠는가. 하물며 모든 경전을 다 통달하여 잘못 아는 게 없다고 자신하지 못 함이랴!

주자朱子

제가 존경하는 주자의 글입니다. 이 책의 취지와도 잘 부합되는 글입니다.

행함 없는 공부는 죽은 공부일 뿐 그런 공부는 차라리 안 하는 것이 낫다고 생각합니다. 요즘 한국 사회에서는 내가 얼마나 배웠고 그 지식을 얼마나 머릿속에 잘 저장했느냐에 따라 그 사람의 가치를 평가합니다. 심지어 머릿속에 든 지식을 얼마나 시험 답안지에 잘 써넣었느냐에 따라 성공한 인생인가 실패한 인생인가로 나눌 정도입니다. 내 머릿속에 있는 지식을 얼마나 삶 속에서 실천했고 행실로 나타냈느냐에 대한 시험은 없습니다.

소위 말하는 명문대를 갔지만 인격이 모자라서 주변 사람들에게 큰 해를 입히는 경우는 너무도 흔합니다. 우리의 교육이 실천은 없어도, 인격은 준비되지 않아도, 답안지에 정답만 쓰면 우등생이라고 하기 때문입니다. 아무리 공부를 잘하고 명문대에 다니고 1등을 할지라도 실천하지 않는 사람은 정신이 죽어 있는 사람입니다.

세상에는 자신만을 아는 리더들은 많지만 선한 이웃으로 세상을 살리는 리더는 적습니다. 여러분들은 인격과 실력 모두를 겸비하고 또한 자신이 알고 있는 것을 실천하는 진정한 21세기 리더로 성장하기를 부탁합니다. 선한 이웃이 되어 줄 수 있는 리더가 되십시오. 갈수록 세상은 각박해지고 정은 사라집니다. 나 자신도 살기 힘들다고 말합니다. 하지만 다른 사람과 더불어 사는 것이 본인도 잘 사는 방법입니다.

새 학기가 시작된 지도 이제 보름 정도가 지났습니다. 중간

점검을 해야 할 때입니다. 내가 세운 계획을 현재 얼마나 실천하고 있고, 부족한 부분은 무엇인지 확인해야 합니다. 그래서 현재 상황에 정교하게 맞도록 세부 계획을 세우고 실천하십시오.

21세기 진정한 리더로 성장하는 것은 쉬운 일이 아닙니다. 하지만 세상은 그런 사람이 나타나기를 기다리고 있습니다. 힘들어도 더욱 정진하시기를 부탁드립니다.

화를 참는 자의 지혜

분노를 참는 것이 사람의 슬기이며 남의 허물을 덮어 주는 것이
자기의 영광이다.

「잠언」19 : 11

다른 친구들의 잘못을 참아 주고 덮어 주는 것이 얼마나
힘든지 모릅니다. 특별히 나와 친하지 않는 친구일 경우에는
막 떠들고 다니고 싶은 것이 인간이랍니다. 그런데 참 신기한
것은 친구의 허물을 덮어 줄 때 내 마음속에 무언가가 자라기
시작함을 느끼게 됩니다. 내 마음의 밭에서 무언가가 자라나
기 시작하는 것입니다.

그것은 관용이라는 신의 성품이 자라기 시작하는 것입니
다. 진정한 리더와 엘리트가 되고자 하는 사람들에게 꼭 필요
한 성품인 관용이 청소년기에 자란다는 것은 엄청난 사건입니
다. 이 씨앗이 뿌리내리고 성장한 만큼 그 사람의 그릇이 결정
된다고 해도 지나친 말이 아닐 것입니다. 저는 귀한 후배들이
관용의 씨앗을 청소년기 때부터 뿌리고 잘 가꾸기를 소망해
봅니다.

관용의 시작은 바로 남의 허물을 덮어 주는 것에서 시작됩니다. 한 번 더 기회를 주고 한 번 더 격려해 주세요. 여러분의 관용에서 나온 따뜻한 격려가 패배감에 빠진 친구에게 새 생명과 희망이 됨을 기억하십시오.

| 3월 17일 |
상처받기를 두려워하지 말아라

우리가 외로운 이유는 다리를 놓는 대신 벽을 쌓기 때문이다.

정말 뼈에 사무치는 말입니다. 사람들에게 상처를 받으면 받을수록 나도 모르게 조금씩 벽을 쌓는 제 자신을 발견하게 되었습니다.

'두 번 다시 상처를 받지 말아야지…', '더 이상 사람 때문에 속상하고 싶지 않아…' 조금씩 높아져 가는 마음의 벽을 보면서 내심 흐뭇해하며 '그래 이제는 누구도 나에게 상처를 줄 수 없을 거야!', '이제는 내가 원하는 대로 살 거야!', '그 누구도 나를 힘들게 할 순 없을 거야!' 라고 생각했습니다.

그런데 그 후 외로움에 어쩔 줄 몰라 흐느끼는 제 모습을 발견했습니다. 벽이 높아진 만큼 외로웠습니다. 높아지면 높아질수록 더욱 외로워졌습니다.

상처를 두려워하지 말고 그런 과정이 인생이라는 것을 알아 가십시오. 그 과정을 통해 우리는 마음이 깊고 따뜻한 사람이 될 수 있습니다. 다리를 놓으세요. 그리고 상대방을 있는 모습 그대로 이해하며 받아들이도록 노력하십시오.

| 3월 18일 |
가난한 자를 불쌍히 여김

가난한 사람을 돕는 것은 여호와께 빌려 주는 것이니 여호와께서 그의 선행을 반드시 갚아 주실 것이다.

「잠언」 19 : 17

요즘 우리는 점점 더 각박해지고 있습니다. 자살하는 사람들이 점점 늘어 가서 2003년 한해 자살한 사람만 1만 3,155명이라고 합니다. 40분당 한 명이 자살하고 있습니다. 우리 주변에는 삶이 너무 힘겨워 지친 분들이 많습니다. 참고 또 참다가 어느 한순간 삶을 포기해 버립니다. 그들의 외로움과 고통은 이루 말할 수 없을 것입니다.

몸이 아프고 병이 나도 병원에 갈 돈이 없어서 아픈 것을 참는 분들이 얼마나 많은지 모릅니다. 점심을 먹고 싶은데 급식비를 낼 형편이 못 돼서 그냥 굶는 청소년들도 너무 많습니다. 이 글을 읽는 학생들 가운데에서도 어려운 친구들이 많이 있을 것입니다. 용기를 내십시오.

예전에 저도 무척 힘든 때가 있었습니다. 다 그만두고 돈이나 벌어야지 생각한 적도 있습니다. 그럴 때마다 교회에 가서 참 많이 울었습니다. 한참 울다 돌아오면 그래도 꿈을 포기하면 안 된다는 생각이 들었습니다. '조그만 더 참자. 힘들어도 조금만 더 참자'라고 생각하며 견뎠습니다. 그렇게 1년이 지나자 상황이 조금씩 나아졌습니다. 그래서 대학에 들어갈 수 있었습니다.

지금 돌이켜 보면 그때가 제 인생의 큰 전환점이었습니다. 나약한 생각이나 마음이 참 많이도 강해졌고, 주변의 어려운 사람들도 보이기 시작했으니까요. 희망 공부방도 그렇게 태어난 것입니다.

사랑하는 후배 여러분, 주변에 여러분의 작은 도움으로 힘을 얻을 친구들이 많이 있습니다. 외면하지 말고 관심을 가져 보세요. 웃음 띤 작은 눈인사를 도움의 시작으로 생각하세요. 큰 힘을 들이지 않고서도 할 수 있는 선행은 얼마든지 있습니다. 눈을 크게 뜨고 살펴보세요. 멋진 청소년들이 이 땅에 많아지기를 바랍니다.

그리고 순간순간 사는 것이 버거운 친구들은 조금만 더 참고 견디기를 부탁합니다. 저도 그때 포기하지 않고 견딘 것이 참으로 다행이라고 생각합니다. 여러분도 견뎌 내길 잘했다고 생각할 때가 곧 올 것입니다. 그러니 기운 내십시오.

| 3월 19일 |
할 수 있다는 생각

나는 받은 것이 너무 많아서 못 받은 것이 무엇인지에 대해 생각할 겨를이 없다.

헬렌 켈러

어떤 시선으로 자신을 바라보고 생각하느냐에 따라 상황이 달라질 수 있습니다.

새롭게 뜻을 정해 긍정적으로 생각하세요. 할 수 없다는 생각은 버리고 할 수 있다는 생각으로 마음을 정하십시오. 인생은 어떤 쪽을 바라보느냐에 따라 달라집니다.

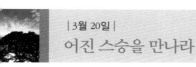

어진 스승을 만나라

나는 젊은 시절에 어진 스승을 만나지 못해 공부에 헛된 힘을 많이 썼다. 공부하는 이들은 이런 나를 본받아서는 아니 될 것이다.

서경덕徐敬德

조선 시대 유명한 학자 화담 서경덕의 글입니다. 그분의 글에 동감하기에 여러분께 전해 드립니다. 좋은 스승을 만난다는 것은 깊은 샘을 만나는 일과 같습니다. 퍼내고 퍼내도 깊은 샘은 마르지 않습니다. 여러분이 갈등하며 힘들고 지쳤을 때, 좋은 스승은 그 갈급함을 시원하게 풀어 줍니다.

좋은 스승을 청소년 시절부터 만나 가르침받는 일만큼 인생에서 멋진 일은 없습니다. 단순히 지식만을 전달하는 것이 아니라 스승이 가진 귀한 정신을 이어받기 때문입니다.

여러분들이 쉽게 좋은 스승을 만날 수 있는 방법을 하나 가르쳐 드리겠습니다. 바로 독서입니다. 독서를 통해 우리는 위대한 스승들의 깊은 가르침을 전달받을 수 있습니다. 독서의 유익은 여러분들이 더 잘 알고 있을 것입니다.

고등학교 2학년까지는 하루 1시간씩 독서하십시오. 국어 과목은 알다시피 단순히 문제집을 많이 푼다고 점수가 좋아지지 않습니다. 대학수학능력시험 언어 영역은 더욱 그렇습니다. 청소년 시절에 매일 꾸준히 1시간씩 독서를 한 학생이라면 굳이 국어 공부에 많은 시간을 들이지 않아도 점수가 잘 나올 수밖에 없습니다.

그리고 어떤 책을 읽어야 할지 잘 모르는 학생들은 일단 관심이 있는 책들부터 읽기 시작하십시오. 그래야 잘 읽혀지고 또한 책과 친해질 수 있습니다. 그리고 쉬운 책들부터 읽으십시오. 읽다 보면 곧 수준이 있는 단계로 올라갑니다. 어려운 책에 욕심낼 필요 없습니다.

공부에 대한 구체적인 방법들과 생활 관리 등 학교 생활 전반에 가이드를 원하시는 학생들에게 부끄럽지만『다니엘학습실천법』을 추천합니다. 제가 쓴 책이 아니라면 소리 높여 읽으라고 권하고 싶습니다. 그 책에는 제가 청소년들에게 하고픈 이야기들을 담았습니다. 구체적인 공부에 대한 궁금증들은 그 책을 통해 해결할 수 있습니다.

손에 가진 보물은 훔쳐 갈 수 있어도 머리와 가슴에 새겨진 보물은 여러분을 더욱 빛나게 할 것입니다. 다독을 통해 귀한 스승 만나기를 바랍니다.

중간고사가 다가옵니다. 중간고사 '다니엘 30일 준비 시스

템'을 적용해야 할 때입니다. 하지만 여러분 가장 중요한 것은 마음교육이라는 것을 잊지 마십시오. 마음교육이 이루어지면 자연스레 학업에도 뜻이 생겨 열심히 공부하게 됩니다. 힘들어도 참고 공부해야 하는 이유를 깨닫기 때문입니다. 공부를 하는 확고한 이유와 목표를 가진 학생들은 비록 고액 과외를 하지 못하더라도 얼마든지 원하는 만큼 실력을 기를 수 있습니다. 왜냐하면 사력을 다해 공부하기 때문입니다.

모두들 새 학년에 올라와서 처음 보는 시험이라고 긴장하지 말고, 공부에 충실하기를 바랍니다.

품행을 바로 하십시오

비록 아이라도 그 하는 짓을 보면 그의 행동이 순수하고 정직한지
알 수 있다.

「잠언」20 : 11

여러분이 아직 어리다고 생각하나요? 아니면 난 이제 더
이상 어리지 않다고 생각하나요? 저는 중학교 이상의 청소년
들을 대할 때는 어른과 동일한 마음으로 대합니다. 결코 중학
생이라고 그의 연소함을 업신여길 수 없기 때문입니다. 비록
중학생이라 할지라도 그의 말과 행동을 보면 어른보다 더 성
숙할 때가 있습니다. 그리고 그의 진지함과 정직함을 대하고
나면 나 자신을 깊이 돌아보게 됩니다.

나이가 어리더라도 여러분이 바른 언행과 정직함을 가지고
행동한다면 그 누구도 여러분을 어리다고 우습게 여길 수 없
을 것입니다. 자신의 가치는 자신의 언행으로 쌓아 갑니다. 여
러분의 진면목을 보여 주십시오.

그 누구도 여러분의 연소함을 업신여기지 못하도록 힘쓰십
시오.

재미있는 사실

당신이 누군가를 싫어하면, 그 사람도 당신을 싫어합니다. 왜 그런지 이유는 나도 모릅니다. 마찬가지로 내가 시큰둥하면 친구들이 적어집니다. 내가 다정하면 친구들은 많아집니다. 어떤 날은 '차라리 태어나지 말았더라면 좋았을걸' 하고 생각하며, 시무룩한 말 몇 마디를 던지면 가족들도 영락없이 그런 생각을 하고 있습니다. 내가 다른 장소에 가서 말투나 태도를 약간만 바꿔 웃기도 하고 속으로 노래라도 흥얼대면, 내 옆에 있던 사람들도 따라서 웃고 노래를 흥얼댑니다. 재미있는 일이긴 하지만 아무튼 사실입니다. 재미있어 보이지만 정말 무서운 사실입니다.

사랑하는 후배들, 따뜻한 마음, 열린 마음, 사랑하는 마음으로 이웃에게 다가가십시오. 내가 먼저 하지 않으면 남도 바뀌지 않습니다. 힘들어도 먼저 하십시오. 물론 아무리 노력해도 바뀌지 않는 사람도 있습니다. 하지만 그런 예외적인 상황은 적습니다. 용기를 잃지 말고 힘을 내 이웃에게 따뜻한 정을 전하는 여러분이 되기를 바랍니다.

| 3월 23일 |

태산을 옮기는 법

진실로 마음을 견고하게 세워 한결같이 앞을 향해 나아간다면 태산이라도 옮길 수 있으리라.

정약용丁若鏞

다산 정약용 선생님을 존경합니다. 수많은 역경을 멋지게 극복하신 분이기 때문입니다. 조선 정조, 순조 때 실학자로 성호 이익李瀷 선생님의 학풍을 계승하고 북학 사상을 수용하여 조선 후기 실학을 집대성하였습니다. 그의 학문 세계는 깊고 넓은 데다가 정밀하기까지 합니다.

그러나 위대한 학자의 탄생은 그냥 이루어진 것이 아닙니다. 18년간의 강진 유배 시절에 그의 학문은 이루어졌습니다. 그는 수많은 사람들의 시기, 질투, 권력 투쟁으로 오랜 유배 생활을 견뎌야 했습니다. 많은 사람들은 유배지에 가서 자포자기하고 술로 일생을 보내다가 비참하게 죽습니다. 그런데 다산 선생님은 실패를 오히려 학문에 전념하는 계기로 삼고 이를 악물고 노력했습니다. 그는 500권 이상의 책을 썼지만 어느 책 한 권도 대충 쓴 책이 없을 정도로 깊이 생각하고 끊임없이 연구했습니다.

여러분들 가운데 알찬 겨울방학을 보내지 못해 새 학기 준비가 미흡한 학생도 있을 것입니다. 그래서 새 학기가 시작됐지만 학력 격차로 의기소침한 마음에 불안할 수도 있습니다. 이제 중간고사까지 한 달 정도 남았습니다. 지금부터 뜻을 정해 마음을 견고하게 세워 한결같이 앞을 향해 나아간다면 다산 선생님의 말씀처럼 태산이라도 옮길 수 있습니다. 자신감을 잃고 움츠러들 필요가 없습니다. 오늘부터 뜻을 새롭고 견고하게 세워 한결같은 30일을 보내십시오. 그 기간을 통해 새로운 자신감과 실력을 얻게 될 것입니다.

미련한 친구를 멀리하라

> 어리석은 일에 미쳐 날뛰는 바보를 만나는 것보다 차라리 새끼를
> 빼앗긴 어미 곰을 만나는 것이 더 안전하다.
>
> 「잠언」17 : 12

인적이 드문 산속에서 거대한 곰을 만나는 걸 상상해 보신 적이 있나요? 게다가 그 곰은 사냥꾼에게 자기 새끼를 빼앗겨 인간에 대한 분노로 가득 찬 어미 곰입니다. 생각만 해도 끔찍할 것입니다. 이제 나는 죽었구나 생각할 겁니다. 그런데 그런 어미 곰을 만나는 것보다 더 끔찍한 일이 있다고 합니다. 바로 어리석은 일에 미쳐 날뛰는 바보를 만나는 것입니다.

여러분 주위에 혹시 이런 사람이 있나요? 아니면 내가 혹시 그런 바보는 아닐까요? 청소년 시절에 어리석은 일이라면 무슨 일이 있을까요? 물론 각자의 주관이 다르기에 본인이 생각하는 어리석은 일이 다양할 것입니다. 그렇지만 대표적인 어리석은 일이 있습니다. 마약 중독, 본드 흡입 중독, 알코올 중독, 포르노 중독, 오락 중독, 폭력 중독 등입니다. 중독에 빠진

사람은 앞뒤를 가리지 않습니다.

저는 여러분이 균형 감각을 지닌 몸과 건강한 마음을 가진 청소년 리더들로 자라기를 원합니다. 그러기 위해서는 몇 가지 주의해야 할 것이 있습니다. 그중의 한 가지가 어리석은 친구를 멀리하라는 것입니다. 이것은 여러분의 자유를 제한하는 것이 아닙니다. 중요한 권면이기에 마음속 깊이 담아 두기를 부탁합니다.

저는 여러분이 마음 따뜻한 리더로 자라나기를 바랍니다. 친구는 평생 재산입니다. 가볍게 여기지 말고 마음에 새겨 친구를 사귈 때 유념하기 바랍니다.

| 3월 25일 |

세상에서 가장 잔인한 변명

"대신 나는 뒤끝이 없어."

그 이야기를 들은 상대방이 대꾸합니다.

"그래, 그렇지만 총알같이 쏘아 대고 나면 모든 것이 다 산산조각 난다는 사실 몰라?"

자신의 못된 성질에 대해 어느 여성이 변명을 한 것입니다.

지금까지 살아오면서 마음이 조각난 적이 있나요? 회복이 불가능할 것처럼 많이 아파 본 적은 있나요? 저는 그런 경험이 있습니다. 너무 조각이 많이 나서 재생이 안 될 것처럼 보였습니다. 하지만 더 큰 사랑을 알게 되면서 조금씩 회복되어 갔습니다.

　마음의 상처는 그냥 잊으면 된다고 말합니다. 차라리 피가 흐르는 것처럼 보인다면 그 상처가 얼마나 심각한 것인지 알 수 있을 텐데 말입니다. 마음의 상처는 상처난 만큼 따뜻한 보살핌과 사랑이 필요합니다. 그래야 다시 강해질 수 있습니다. 그러기에 여러분들에게 관심을 가지고 사랑을 표현하라고 말하는 것입니다.

　여러분의 말 한마디가 때로는 사람을 죽이기도 하고 살리기도 한답니다. 깊이 생각해 보고 말을 건네세요. 마음속에 배려를 품고 있다면 저절로 나올 것입니다. 사람을 살리는 말을 하는 여러분이 되기를 바랍니다.

| 3월 26일 |
마음먹기

길고 짧음은 생각에서 온 것이며, 넓고 좁음은 한 치 마음에 달려
있다. 그러므로 마음이 한가한 자는 하루가 천 년보다 아득하고,
뜻이 넓은 자는 좁은 방도 하늘과 땅 사이처럼 넓다.

『채근담』

마음먹기에 따라 모든 것이 변할 수 있다는 말은 사실입
니다. 어떤 누구도 힘들지 않은 사람은 없습니다. 차이가 있다
면 그 상황에 주저앉느냐 아니면 다시 일어서느냐 입니다. 모
두가 고개를 끄덕일 정도로 고통스러운 사람도 있습니다. 감
히 상상도 못할 만큼의 무게겠지요. 그런 분들도 마음만큼은
희망으로 기울어 있습니다. 아무리 절망스러운 상황일지라도
마음을 희망 쪽으로 세워야 합니다.

반면 아무리 좋은 상황이라 해도 불안해하고 초조해하면
상황은 달라집니다. 그래서 '마음' 이라는 것이 중요합니다.
약하게 넘어지지 말고 강하게 맞서기를 바랍니다.

새 학기가 시작된 지 거의 한 달이 되어 갑니다. 지금 여러

분의 마음은 어떤 상태인가요?

절망과 희망 중 어느 쪽으로 마음을 다잡고 있나요? 벌써 공부에 싫증을 내고 포기하는 친구들이 생깁니다. 마음을 절망 쪽으로 관리하지 마십시오. 희망에 두십시오. 여러분의 상황은 마음먹기에 따라 얼마든지 극복할 수 있음을 잊지 말기 바랍니다.

| 3월 27일 |
말조심

수다를 떨고 돌아다니는 사람은 남의 비밀을 누설하는 자이다. 그러므로 그런 사람과 사귀지 말라.

「잠언」 20 : 19

누군가에게 나의 은밀한 속마음을 이야기했는데 그 이야기가 주변에 퍼진 경우가 있나요? 말하지 않겠다고 굳게 약속한 친구가 나의 비밀을 퍼뜨려 쓰라렸던 경험이 있나요? 그 배신감을 마음에 담아 둔다면 나 역시 그런 사람이 될 수 있습니다. 그래서 좋은 사람들에게 상처를 줄 수 있습니다. 친구를 가려 사귀라는 말이 그래서 나온 것입니다.

완벽한 사람이 없는데 서로 이해하며 살아야 한다고 생각할 수도 있습니다. 맞는 말입니다. 그러나 자신을 보호하는 것도 중요한 일입니다. 자신은 상처를 받았지만 그 상처를 다른 사람에게 되돌리지 않고, 자신의 마음도 괜찮다면 상관없습니다. 그러나 우리 중에 그런 사람이 몇이나 될까요? 내 비밀이 사람들의 입에 오르내리는 것이 분명 기분 좋은 일은 아닐 것입니다.

누구를 사귀고 누구를 멀리해야 하는가에 기준은 여전히 모호합니다. 각자의 개인차는 분명히 있을 것입니다. 그래도 제가 어른이 되면서 깨달은 것을 알려 드리겠습니다.

말이 행동보다 앞서고 말이 많은 사람들은 신중히 분별해서 관계를 가지는 것이 필요합니다. 진정한 친구라면 소중한 친구의 비밀을 우습게 여기고 여기저기 떠벌리는 일은 결코 없을 것입니다. 이 부분만큼은 마음에 간직하기를 바랍니다. 그리고 무엇보다 꼭 해야 할 일은 내가 먼저 소중한 친구의 비밀을 지켜 주는 멋진 친구가 되는 것입니다.

|3월 28일|
값비싼 우정

제2차 세계대전 중 독일의 카젤 시 상공에 쏘아 올려진 포탄에 대한 이야기입니다. 여기에 엘머 벤디너라는 사람의 이야기를 소개하겠습니다.

우리의 B-17기가 나치의 대공 사격으로 격렬한 불꽃 세례를 받고 있었습니다. 전과는 달리 이번 공격으로 우리 비행기의 연료 탱크에 구멍이 났습니다. 20mm 유탄 하나가 연료 탱크를 뚫고 들어왔지만 폭발하지 않고 있는 것이 발견되었습니다. 이 사실을 안 조종사인 본 포크스는 그런 일이 간단히 일어날 수 있는 일은 아니라고 했습니다.

공습이 있던 다음 날 아침, 본은 그 파편을 믿을 수 없는 기적의 기념물로 청하려고 편대장에게 내려갔습니다. 그런데 편대장은 본에게 한 개가 아니라 열한 개의 유탄이 연료 탱크에서 발견되었다고 말했습니다. 단 한 개만으로도 우리를 하늘로 날려 버리기에 충분한 곳에서 자그마치 열한 개의 유탄이 발견된 것입니다. 그 일은 마치 유대인들 앞에서 바다가 갈라진 기적과도 같았습니다. 지금으로부터 35년이 지났건만, 나는 그 끔찍한 사건을 생각하면 고개가 내저어집니다. 특히 그 나머지 이야기를 본에게서 들었을 때는 더욱더 그랬습니다.

그는 병기공들이 신관을 제거하기 위하여 그 유탄들을 가져갔다고 들었습니다. 병기공들은 첩보 기관에서 그것들을 가져갔다고 했지요. 그들은 당시에는 이유를 말할 수 없었습니다. 그러나 본은 결국 해답을 찾아냈습니다.

병기공들이 열한 개의 유탄들을 열어 보았을 때 분명히 아무 폭발 물질이 없었습니다. 유탄들은 전혀 해가 없이 깨끗했습니다. 비어 있었냐고요? 모두 그렇지는 않았습니다!

그 가운데 하나에 조심스럽게 말린 종이 조각이 들어 있었습니다. 거기에는 체코어로 갈겨쓴 글귀가 있었습니다. 마침내 글을 해독하여 그 내용을 본 우리는 경탄을 금치 못했습니다. 번역된 글귀는 이랬습니다.

"이것이 지금 우리가 당신을 위하여 할 수 있는 전부입니다."

이 같은 이야기는 우리를 망연하게 만듭니다. 조그만 행동이 다른 사람의 생명을 구할 만큼 큰일을 낳을 수 있습니다. 나는 이름 모를 체코의 군수 공장 노동자가 밝혀졌는지 궁금합니다. 이런 용감한 행동을 한 사람들이 더 있을까요?

21세기 거대한 세상을 변화시킬 수 있는 것은 무엇일까요? 돈, 권력일까요? 아닙니다. 사랑이 담긴 작은 선행이 바로 이 세상을 보다 살기 좋게 변화시킬 수 있습니다. 오늘 하루 친구들에게 사랑의 작은 쪽지를 보내 보세요. 격려의 작은 쪽지가 공부와 여러 가지 이유로 마음이 상해 있는 친구에게 생명을 줄 수 있습니다.

| 3월 29일 |
자릿세

봉사는 이 세상에서 우리가 차지하고 있는 공간에 대한 자릿세이다.

짧지만 좋은 글귀입니다. 이것은 귀한 진실입니다. 여기서 '자릿세'란 우리가 꼭 해야 할 의무라는 뜻입니다. 의무를 저버리고 산다는 게 얼마나 마음 불편한 일입니까?

하지만 자릿세가 있는 것조차 모르고 살아가는 사람들이 많습니다. 이 글을 읽는 여러분들은 부디 외면하지 말고 자릿세를 지불하십시오. 사랑하는 후배들이 봉사를 의무로 생각하며 실천하는 멋진 사람으로 성장하기를 진심으로 바랍니다.

손을 게을리 놀리는 자

손을 게을리 놀리는 자는 가난하게 되고 손을 부지런히 놀리는 자
는 부하게 된다. 여름에 부지런히 거둬들이는 자는 지혜로운 아들
이지만 추수 때에 잠자는 자는 수치스러운 아들이다.

「잠언」 10 : 4~5

제가 되고 싶은 사람은 세계적인 석학이나 세계적인 작가
가 아닙니다. 바로 부지런한 사람입니다. 저는 남들보다 건강
이 나빠서 남들 놀 때 놀면 도저히 다른 사람들을 따라갈 수
없었습니다. 그래서 대학 때 공휴일이든 방학이든 매일 일정
한 시간을 정해 놓고 책을 보았습니다. 일정 시간 이상 공부하
면 허리에 통증이 심해서 머릿속에 더 이상 입력이 되지 않았
습니다. 때문에 부득불 아무리 날씨가 좋고 휴일이라 할지라
도 정해진 시간에 공부를 해야 했습니다. 그러다 보니 어떻게
하면 좀더 효율적으로 시간을 활용하고 집중해서 빨리 공부를
끝낼 수 있을 것인가 생각했습니다.

저는 규칙적인 생활이 집중력 향상에 큰 도움을 준다는 것
을 알게 되었습니다. 그래서 자는 시간과 일어나는 시간을 항

상 일정하게 하고 공부하는 시간과 쉬는 시간도 거의 고정하고 있습니다. 참 재미있는 것은 공부할 시간이 되면 점점 머리가 맑아지고 공부에 집중할 수 있도록 몸에 변화가 생기는 것입니다. 이런 습관이 조금씩 붙으면서 주변에서는 저를 부지런한 사람으로 인정하기 시작했습니다. 일찍 자고 일찍 일어나고, 매일 꾸준히 성실하게 사는 사람으로 말입니다. 희망이 조금씩 이루어져 가고 있습니다.

제가 그렇게 하고 있기에 사랑하는 후배들에게 강력하게 추천합니다. 부지런한 사람이 되세요. 정말 꿈을 이루고 싶으세요? 지나간 시간을 만회하고 싶다면 다시 한 번 제대로 시작하세요. 역전의 방법은 간단합니다.

3월도 다 지나갑니다. 새 학기의 각오가 많이 느슨해질 때입니다. 오늘 마음관리 시간을 통해 튼튼하게 보수하세요. 그리고 무엇보다 부지런함을 사랑하는 여러분이 되기 바랍니다.

| 3월 31일 |

사랑이란 이름으로

그곳은 교실이 하나밖에 없는 산속의 학교였습니다. 그 학교에서는 난폭한 아이들을 감시하고 산만한 아이들을 주의시키기 위하여 무서운 훈육이 가해지곤 했지요. 사실 정해진 체벌 규정이란 것도 없었습니다.

어느 날인가 학생의 도시락이 없어져 휴식 시간을 망치고 있었습니다. 주기적으로 도시락 하나가 없어지는 것 같았습니다. 심각한 문제였지요. 무언가 과감한 조치가 필요했습니다.

그렇게 점심 시간이 끝나자 교사는 셸리 제인의 도시락이 없어진 일로 학생들을 소집했습니다. 그리고 무서운 위협과 추궁이 끝나자 한구석에서 조금씩 흐느끼는 소리가 들려왔습니다. 그는 바로 몸집이 다른 아이보다 유난히 작은 빌리였습니다. 그 아이는 제대로 먹지도 못해 야윌 대로 야윈 작은 몸집의 소년이었습니다. 그 아이의 가족은 산속 마을에서도 가장 가난했습니다.

"네가 셸리 제인의 도시락을 가져갔니?"

"예, 선생님. 너무 배가 고팠어요." 빌리가 눈물을 흘리며 웅얼거렸습니다.

"이유가 무엇이건 너는 도둑질을 했어. 도둑질했을 때의 벌을 알겠지? 너는 벌을 받아야 해." 교사가 딱 잘라 말했습니다.

교사는 벽에 걸려 있던 가죽 채찍을 내리고 어린 빌리에게 앞으로 나와 셔츠를 벗으라고 명령했습니다. 아이의 셔츠는 그나마 있어야 할 단추도 없이 핀으로 여며져 있었습니다. 아이가 옷을 벗자 아이의 야윈 몰골이 그대로 드러났습니다. 아이의 갈비뼈를 하나하나 셀 수 있을 정도였어요. 교사가 어린 소년의 몸뚱이 위로 팔을 힘껏 치켜 올렸을 때였습니다.

"잠깐만요, 선생님!" 하는 목쉰 외침이 교실 뒤쪽에서 들려왔습니다. 짐이었습니다. 그 아이는 복도로 걸어 나오면서 셔츠를 벗었습니다. 그리고 나서 교사의 눈을 똑바로 쳐다보고 말했습니다. "제가 대신 벌을 받겠습니다."

교사는 멈칫거렸습니다. 그러나 반드시 정의를 보여 줘야 한다고 생각하여 짐의 제의에 동의하고 그 가죽 채찍을 짐에게 내리쳤습니다. 힘세고 덩치 큰 소년도 움찔거리며 눈물을 흘렸습니다. 빌리는 짐의 고마움을 절대로 잊지 않았습니다.

말로만 선행을 할 수 없습니다. 진정한 사랑은 자기희생이 필요합니다. 희생적인 사랑은 사람을 변화시킵니다. 저는 사랑하는 후배들이 점수의 노예로 살지 않기 바랍니다. 마음이 따뜻한 십대가 되십시오. 그 마음이 청년이 되고 어른이 되어서도 변치 않는다면 여러분은 세상에서 가장 소중한 보물을

가진 사람이 될 것입니다. 이제 3월도 마무리할 때입니다. 새
로운 4월을 준비하고 지나간 한 달을 잘 돌이켜 보십시오.

어제와 다른 오늘을 꿈꾼다는 것은 위대한 일입니다. 어제보다 좋아진 오늘을 바라고 소망
한다는 것은 장엄한 일입니다. 그런 마음을 품은 청소년들이 바로 대한민국의 가장 값진 보
물입니다. 그런 청소년들이 세계의 주역이 될 것입니다.

2부

33가지 상황별
마음관리법 (1-11)

1 크게 낙심했을 때

난파선에서 간신히 살아남은 한 남자가 무인도에 휩쓸려 오게 되었습니다. 그는 오두막을 하나 지어 놓고 신에게 기도를 드리며 지나가는 배가 없나 매일 매일 수평선을 살폈습니다.

어느 날, 그는 저 멀리 원양 여객선이 지나가는 것을 보았습니다. 그는 해변으로 달려가 미친 듯이 팔을 흔들며 있는 힘을 다해 소리를 질렀습니다. 그러나 안타깝게도 그 배는 그를 발견하지 못하고 떠나고 말았습니다. 크게 낙담하여 집으로 돌아온 그는 자신의 오두막이 불타고 있는 것을 발견했습니다. 순식간에 집은 완전히 타 버리고 말았습니다. 그나마 가지고 있던 모든 것이 사라진 것입니다. 그는 바위에 앉아 통곡했습니다. 그의 인생에 있어 최악의 날이었습니다.

그러나 다음 날 아침, 뜻밖에도 어제 지나쳐 갔던 그 배가 그를 구조하러 섬으로 왔습니다. 너무나 놀란 그가 선장에게 물었습니다.

"내가 여기 있는지 어떻게 아셨소?"
"어제 당신이 보낸 연기 구조 신호를 보았다오."

사랑하는 후배 여러분, 어떤 일이든 당장 겉으로 보이는 결과가 전부는 아닙니다. 때로는 최악이라 여겼던 일들이 최고의 경험으로 바뀌기도 합니다. 모든 비극 다음에는 선물이 기다리고 있습니다. 눈을 크게 뜨고 있으면 그 선물은 스스로 존재를 드러낼 것입니다.

고통스런 일이 일어났다고 해서 그것이 이야기의 끝이 아님을 명심하십시오. 그것은 단지 이야기의 다른 장일 뿐입니다. 이야기가 끝날 때까지 조금만 더 인내하면 그 아픈 경험이 여러분의 인생에서 어떤 역할을 했는지 알게 될 것입니다. 아무리 힘들고 어려운 일을 겪을지라도 포기해서는 안 되는 이유가 바로 여기 있습니다.

당장 눈앞에 보이는 고통과 실패를 조금 더 멀리 그리고 길게 바라보십시오. 인생의 값진 보물이, 또 버팀목이 될 수 있음을 깨닫고 실패를 똑바로 직시하십시오. 그러면 힘든 가운데서도 실패를 딛고 이겨 낼 힘이 생길 것입니다.

여러분은 아직 젊습니다. 무한한 가능성을 가지고 있습니다. 지금 힘들어도 꿈을 바라보며 앞으로 나아가기를 진심으로 바랍니다.

2 위축되고 의기소침해질 때

앨라배마 주립대학 크림슨 타이드 미식축구 팀의 전설적인 코치 '흑곰' 폴 브라이언트(1913~1982)에게는 그만의 독특한 성공 비결이 있었습니다. 그는 선수들에게 경기를 녹화한 테이프를 보여 줄 때 그들이 잘한 장면만을 보여 주었습니다. 그 결과 크림슨 타이드 팀은 그 어떤 팀도 따르지 못한 연승 행진을 할 수 있었습니다.

브라이언트는 대학 미식축구 역사상 그 어떤 코치보다도 많은 승리를 이끌었습니다. 그가 코치로 있던 1958년부터 1982년까지 크림슨 타이드 팀은 총 363회의 게임 중 323회를 승리했고 6번이나 전국 대회 우승을 차지했으며 대학 최고의 팀만이 맞붙는 보울 게임에도 24번이나 참가했습니다.

그는 미식축구 역사상 가장 위대한 코치 중 한 명으로 여겨졌는데, 이는 그의 팀이 언제나 자신들이 잘하는 장면만을 보았기 때문이었습니다.

알란 코헨

사랑하는 귀한 후배님들, 실패한 과거에만 집착해서는 성공할 수가 없습니다. 실수를 되뇌는 것은 오히려 더 많은 실수를 부를 뿐입니다. 물론 우리는 실수를 통해 교훈을 얻습니다. 하지만 계속 실패 안에 갇혀만 있다면 우리는 결코 우리가 원하는 곳에 다다를 수 없습니다.

자신의 승리를 축하하십시오. 과거의 실패와 운명만 탓하지 말고 여러분의 운명을 개척하십시오. 언제까지 지나간 실패에 연연할 생각입니까? 이제는 훌훌 털어 버리십시오. 아직 인생이 끝난 게 아닙니다. 역전의 가능성은 많습니다.

사랑하는 후배 여러분, 꼭 기억하십시오. 여러분이 지금 자신의 어떤 과거를 되돌아보느냐에 따라 미래가 결정됩니다. 실패한 과거는 돌아보지 마십시오. 성공한 장면들만 떠올리십시오. 성공은 용기와 희망을 갖고 도전하는 자에게만 주어지는 법입니다.

3 난감한 문제에 부딪혔을 때

인생 경험이 풍부한 사람은 난감한 일에 부딪혔을 때 급히 서두르지 않고 내일까지 기다립니다. 사실 하루가 지나면 좋든 나쁘든 간에 사정이 달라질 수가 있기 때문입니다. 사람의 머리로 해결할 수 없는 문제를 시간이 해결해 주는 일이 가끔 있습니다. 오늘 해결하기 어려운 문제는 우선 하룻밤 푹 자고 나서 다음 날 생각해 보는 것이 좋습니다. 조급히 해결하려 하지 말고 한걸음 물러서서 조용히 바라보는 것이 현명한 행동입니다.

슈와프

저 역시 곤란한 문제를 만나면 다음 날을 기다립니다. 아침에 일어나서 마음관리 시간을 통해 냉철하게 문제를 다시 살펴보면 그렇게 심각해 보였던 일이 생각보다 훨씬 더 쉬워지는 경우가 많습니다.

만약 이렇게 해도 문제 해결의 실마리가 보이지 않는다면 그냥 머릿속에서 일단 그 문제에 괄호를 치세요. '판단 보류'라고 볼 수 있겠지요. 그리고 무의식의 세계로 '뻥' 차 버리세요. 한동안 그냥 무의식에 내버려 두세요. 며칠 시간이 지나면 어느 순간 무의식에서 문제가 저절로 해결되어 불쑥 의식의 세계에 등장한답니다. 시간이 문제를 해결한 셈이지요.

여러분도 이 과정을 꼭 한번 실행해 보시길 바랍니다. 문제를 해결하는 시간의 능력에 깜짝 놀라게 될 것입니다.

4 실패에 좌절해서 주저앉고 싶을 때

이란의 테헤란 왕궁을 본 사람은 누구나 그 아름다움에 넋을 잃는다고 합니다. 입구에서부터 아치형 천장과 벽, 그리고 창문에 이르기까지 마치 다이아몬드를 박아 놓은 듯 유리 장식이 눈부시게 빛나기 때문입니다. 이 유리 장식들은 빛의 밝기와 방향에 따라 여러 색깔의 빛을 띠는데 자세히 들여다보면 모두가 미세한 유리 조각들로 이루어져 있는 것을 알 수 있습니다. 사실 이렇게 아름다운 왕궁을 지을 수 있었던 것은 '깨어진 유리'와 한 사람의 '실패한 인생'이 있었기 때문입니다.

테헤란 왕궁을 지을 때 건축가들은 왕궁을 장식할, 거울처럼 비치는 반투명 유리를 프랑스에 주문했습니다. 유리가 도착하여 포장을 풀어 보니 유리는 산산조각이 나 있었습니다. 대부분의 공사 관계자들은 흥분하여 프랑스에 욕을 해 댔고, 다시 보낼 것을 즉시 요청하자고 야단이었습니다. 그런데 이때 누군가가 재치 있는 제안을 했습니다.

"이 유리를 잘 붙여 놓는다면 더 아름다울 수도 있을 것 같습니다."

그래서 그들은 큰 조각들을 더 깨뜨려 똑같이 작게 만들어 벽과 창에 입혔고 사람들의 반응이 좋자 아치형 천장까지 모조리 작은 유리 조각들로 장식했던 것입니다.

나중에 알게 된 사실이지만 깨진 유리를 활용하자고 제안했던 사람은 들어온 지 얼마 안 된 견습공이었습니다. 그런데도 그런 기발한 아이디어로 테헤란 왕궁을 최고의 건축물로 태어나게 할 수 있었던 것은 그의 전직 경험 때문이었다고 합니다. 지금은 불타 버렸지만 그는 과거에 번듯한 양복점을 가지고 있었습니다. 그때 그는 자투리 천으로 예쁜 옷이나 이불을 만들었는데, 이런 조각들로 만든 작품이 의외로 늘 성공적이었다는 것을 기억해 낸 것입니다.

테헤란 왕궁이 아름다운 이유는 깨어진 유리로 장식했기 때문입니다. 어떤 때는 깨어진 유리 같이 실패가 더 아름다울 수 있습니다. 깨어진 유리가 더 아름다웠듯이 실패가 더 큰 성공을 부를 수 있기 때문입니다.

김인경

사랑하는 후배님들, 만약 유리가 깨지지 않은 채 도착했다면 테헤란 왕궁이 그토록 아름답고 유명해지는 않았을 것입니다. 우리가 실패라고 생각하는 것도 그 당시에는 너무 힘들겠지만 좀더 멀리 바라보면 테헤란 왕궁 같은, 진정한 성공으로 가는 과정일 수 있습니다.

너무 힘들어 주저앉고 싶다면 잠시 쉬세요. 잠시 쉬면서 숨을 고르고 내가 바른 방향으로 달려왔는지 지도와 나침반을 보며 다시 방향을 잡으세요. 그런 다음 다시 한 번 힘을 내서 묵묵히 꿈을 향해 나아가는 여러분이 되길 간절히 소원합니다.

5 역전의 기회가 찾아왔을 때

기회는 머리의 앞쪽으로만 털이 나 있지 뒤통수는 대머리이다. 만일 당신이 기회를 만나거든 그 앞머리를 꼭 잡도록 하라.

옛날 그리스의 한 도시에 이상하게 생긴 동상이 서 있었습니다. 이 동상은 날개가 발에 달렸으며, 앞뒤가 바뀐 듯 앞쪽에만 머리카락이 늘어져 있었습니다. 동상을 받치고 있는 단에 새겨진 문답은 동상의 생김새만큼이나 재미있었습니다.

"누가 그대를 만들었는가?"
"리시푸스가 만들었다."
"그대의 이름은 무엇인가?"

"내 이름은 '기회'다."

"왜 날개가 발에 달렸는가?"

"땅 위를 빠르게 날아가려고."

"어째서 앞에 머리카락이 있는가?"

"내가 오는 것을 보면 누구든지 나를 붙잡을 수 있도록 하기 위해서."

"뒷머리는 어째서 대머리인가?"

"돌아선 후에는 나를 붙잡을 수 없게 하려고."

F. 라블레라

우리에게는 언제든지 역전의 기회가 찾아옵니다. 그러나 이 역전의 기회는 우리가 순간 방심하고 소홀히 하면 금세 사라지고 맙니다. 물론 또 기회는 찾아오지만 그것만 믿고 찾아온 역전의 기회를 놓친다면 우리는 그만큼 성공할 수 있는 기회를 잃게 되는 것입니다.

사랑하는 귀한 후배님들, 역전의 기회는 매일 매일 찾아옵니다. 새벽 공부를 통해서, 주말 공부를 통해서, 수업 시간을 통해서 그리고 시험 30일 전이라는 긴장된 순간에도 찾아옵니다.

혹시 그동안 기회를 찾는 데 너무 소홀했었다면 오늘부터 새롭게 뜻을 정하고 자신에게 찾아오는 역전의 기회들을 꼭 잡아 보세요. 그리고 그것을 십분 활용하는 여러분이 되길 소원합니다. 모두들 힘내세요!

6 성적을 올리고 싶을 때

공부가 잘되지 않고 집중이 안 될 때 텔레비전을 보면 한두 시간이 금세 지나가 버립니다. 텔레비전을 다 보고 나서 책상에 앉으면 텔레비전을 너무 오래 봤다는 자책감과 공부할 시간이 얼마 남지 않았다는 불안감이 마음을 괴롭힙니다. 30분 정도 공부하다 보면 눈이 침침해지고 졸음이 옵니다. 그러다 보면 공부를 다 끝내야 한다는 중압감과 함께 텔레비전 때문에 생긴 자책감과 불안감을 껴안고 그날 밤 잠자리에 들게 됩니다.

다음 날 아침, 숙면을 취하지 못해 일찍 일어나지도 못합니다. 보통 때 같으면 일찍 일어나서 마음관리 시간도 가지고 아침 공부도 했을 텐데. 속이 상해 아침밥도 먹지 않은 채 허둥지둥 학교로 달려갑니다.

만약 우리가 지금까지 텔레비전을 보았던 시간에 운동을 했더라면 우리는 모두 소위 몸짱이 되었을 겁니다. 만약 우리가 지금까지 텔레비전을 보았던 시간에 공부를 했더라면 지금

보다 훨씬 더 공부를 잘하게 되었을 것입니다. 만약 우리가 지금까지 텔레비전을 보았던 시간에 독서를 했더라면 우리는 언어 영역에서도, 심층 면접과 논술에서도 손쉽게 고득점을 받았을 것입니다. 만약 우리가 지금까지 텔레비전을 보았던 시간에 취미를 살렸다면 아마도 그 분야에서 전문가가 되었을 것입니다. 텔레비전만 안 보았더라면, 조금만 더 적게 보았더라면….

사랑하는 귀한 후배님들, 텔레비전을 끄고 나면 새롭게 펼쳐지는 세상들이 있습니다. 텔레비전을 보지 않을 수만 있다면 우리 모두의 인생이 아주 많이 달라질 것입니다. 텔레비전을 하루 30분 미만으로만 보아도 우리 인생은 아주 풍요로워질 것입니다.

정말 공부를 잘하고 싶으세요? 정말 내가 원하는 만큼 실력을 올리고 싶으세요? 그렇다면 텔레비전을 보지 마십시오. 그러면 절반은 이미 성공한 것입니다. 우리의 삶에서 텔레비전을 꺼 둘 수만 있다면 우리는 아주 새로운 인생을 만나고 경험하게 될 것입니다.

사랑하는 귀한 후배님들, 다시 한 번 말씀드리지만 텔레비전 보는 것을 최대한 줄이세요. 절제하세요. 텔레비전 보는 대신 자신의 꿈과 희망을 바라보는 시간을 가져 보세요. 여러분의 삶에 정말 놀라운 변화가 생길 것입니다.

7 포기하고 싶어질 때

　어려서부터 보석 감정사를 꿈꾼 한 청년이 있었습니다. 학교를 졸업한 그는 유명한 보석 감정사를 찾아가 기술을 배우고 싶다고 부탁했습니다. 하지만 늙은 보석 감정사는 고개를 저었습니다. 보석 감정 기술을 배우는 데 가장 필요한 것은 끈기와 인내심인데, 젊은 사람들에겐 그런 것이 부족하다는 것이었습니다. 청년은 한 번 만이라도 기회를 달라고 매달렸습니다. 어려서부터의 꿈이었기 때문에 자신은 굳은 의지와 열정을 갖고 있다고 보석 감정사를 설득했습니다.

　마침내 보석 감정사는 의자를 내주고 손바닥에 작은 보석 하나를 쥐어 주면서, 아무 말도 하지 말고 그곳에 가만히 앉아 있으라고 말했습니다. 청년이 앉아 있는 동안 보석 감정사는 자신의 작업을 계속했습니다. 청년은 조용히 기다렸습니다.

　그렇게 하루가 흘러갔습니다. 다음 날 아침에도 보석 감정사는 청년의 손에 어제의 보석을 쥐어 주고 똑같은 지시를 내렸습니다. 셋째 날도, 넷째 날도 마찬가지였습니다. 일주일이 지나자 청년은 보석을 손에 움켜쥐고 앉아 있긴 했지만 더 이상 침묵할 수가 없었습니다.

　"스승님, 전 언제부터 배우게 됩니까?" 보석 감정사는 무뚝

뚝하게 물었습니다.

"곧 배우게 될 거야."

마침내 열흘이 지나자 청년은 깊은 좌절감을 느꼈습니다. 자신을 고용하기 싫으면 싫다고 할 일이지 이런 식으로 시간을 낭비하게 만드는 건 부당하다고 생각했습니다. 그래서 그날 아침 보석 감정사가 똑같은 보석을 쥐어 주면서 의자에 앉으라고 지시하면, 보석을 내던지며 청년은 이렇게 외칠 생각이었습니다. "도대체 언제까지 날 골탕 먹일 셈인가요?"

그런데 청년은 보석을 집어던지려는 순간 자신도 모르게 이렇게 말했습니다.

"이건 어제까지의 보석이 아니잖아요!"

그러자 스승이 말했습니다.

"이제야 조금씩 배우기 시작했군."

작자 미상

미분과 적분, 방정식과 부등식, 도형, 함수….이런 것들을 꼭 배워야 하는가? 일상생활과 멀어 보이는 어려운 과학 공식들과 세계사를 꼭 공부해야 하나? 이것이 정말 나에게 필요한 것인가? 누구나 한 번쯤은 학교에서 배운 공부가 도대체 인생을 살아가는 데 무슨 도움이 되는지 의구심이 든 적이 있을 것입니다. 대학 입시를 위한 도구에 불과한데 너무 시간 낭비 아니냐며 속상해하는 사람도 있을 것입니다.

하지만 공부는 단순히 대학 입시를 위해 존재하는 것이 아닙니다. 인생을 살아가는 데 꼭 필요한 것은 아니지만 우리는 그것을 공부함으로써 인생에서 진정으로 행복하기 위해 꼭 필요한 것들을 배우고 훈련할 수 있습니다. 바로 정직과 인내와 성실입니다.

공부는 매우 정직합니다. 눈물과 땀으로 정직하게 공부한 자가 기쁨을 거두게 됩니다. 공부하는 과정은 힘들지만 꾹 참고 또 참는 자에게 공부는 좋은 결과를 보답합니다. 공부라는 과정을 통해 우리는 인생의 행복을 위한 꼭 필요한 세 가지 덕목, 바로 정직과 인내, 성실을 배울 수 있습니다.

사랑하는 귀한 후배님, 지금 자신이 하고 있는 공부가 인생의 행복을 위해 꼭 필요한 것입니다. 조금만 더 힘을 내세요. 그래서 조금만 더 앞으로 나아가세요. 분명히 값진 보답이 있을 것입니다.

8 왜 전문가가 되어야 하는가?

다니엘 골먼Daniel Golman의 책 『감성지능』에 다음과 같은 일화가 소개되어 있습니다.

찜통 같은 8월의 더위가 계속되고 있었다. 뉴욕의 메디슨 가를 지나는 한 버스에 사람들이 올라타자 운전기사는 반갑게 인사를 한다. "안녕하세요. 어서 오십시오."

그러나 더위에 지친 승객들은 제대로 답례조차 할 수 없을 만큼 짜증이 나 있었다. 버스가 정기노선을 운행하는 동안 운전기사는 여행 안내를 하기 시작했다. 저기 저 상점에서 특별 세일을 하고 있다느니, 어떤 박물관에서 아주 흥미 있는 전시회가 열리고 있다느니 하는 얘기였다. 그러자 '마법 같은 변화'가 일어났다. 승객들은 마치 여행을 온 것처럼 즐거워졌고, 내릴 때는 만면에 미소를 짓고 있었다.

다음은 토스트 하나로 프랜차이즈 사업에 성공한 '석봉 토스트' 대표 김석봉 씨의 이야기입니다.

빗줄기가 굵게 내리지만 여느 때와 다름없이 새벽 4시면 눈을 뜬다. 거울 앞에서 주문을 외우듯 다짐을 한다. "오늘 하루도 항상 웃음 잃지 않게 해 주세요"라고. 곱게 다진 야채를 한 가득 싣고 중구 무교동 코오롱 빌딩 앞으로 출근을 한다. 일단 신나는 음악 한 소절을 큰 소리로 따라 불러 본다. 김석봉 씨 (46)의 하루 일과는 이렇게 시작한다.

아침 일을 시작하기 전, 그는 곱게 다림질한 흰 가운을 입고 조리사 모자를 쓴다. 웰빙 시대에 맞춰 오이, 양배추, 당근, 양파 등 잘게 썬 채소를 넣고 달걀 반죽을 만든다. 달걀도 값비싼 영양란을 사용한다. 조미료와 설탕은 전혀 쓰지 않는다. 녹차, 커피 등도 손님의 취향에 맞춰 준비하고 물도 정수기로 걸러 낸 물만 사용한다. 유통 기한을 철저히 확인한 우유 등을 하나 둘 펼치며 손님 맞을 준비를 한다.

"어! 진짜 오랜만이네요. 군 생활은 잘하고 있어요? 휴가 나오자마자 또 이리로 왔네요."

군인 아저씨 한 명이 아침부터 그를 찾았다. 부대에서도 석봉 토스트 맛이 그리웠다는 군인 아저씨는 스낵카에 들어서자마자 분주하다. 노릇노릇 토스트를 굽고 있는 김석봉 사장과 이야기를 나누며 그는 휴지 몇 장을 꺼내더니 매장 안을 닦기 시작한다. 무척 자연스러워 보인다. "여기서 아르바이트했어요? 아니면 친인척 관계인가요?"라는 기자의 질문에 "아니오. 혼자서 저렇게 바쁘게 일하시는데 도와드리고 싶어서요. 비도 오는데 매장이 더 깨끗하게 보여야 할 것 같기도 하고요." 군인 아저씨뿐만이 아니었다. "빗물이 고인다"며 매장을 닦아 주는 손님은 이후에도 종종 만날 수 있었다.

어느덧 그의 가게 앞을 사람들이 촘촘히 둘러싸고 있다. 한 번 석봉 토스트의 맛을 보면 절대 빠져나갈 수 없다는 감탄사 도 서로 주고받는다. 몇 년째 단골인 이들이 대부분이다.

"이름을 일일이 외우진 못하지만 손님의 특징이나 좋아하 는 토스트 종류는 대부분 기억하고 있어요. 서비스의 기본 아 니겠어요?"

그가 처음부터 탄탄대로를 걸은 것은 아니다. 전북 정읍에 서 빈농의 6남 2녀 중 여섯째로 태어나 가난 때문에 안 해 본 일이 없다. 자동차 정비소 견습공, 조선소 컨테이너 공장 노동 자, 용접공, 과일 행상, 막노동 등 극심한 육체적 피로가 수반 되는 수많은 직업을 전전했다. 하지만 초등학교를 졸업한 뒤 단 한 번도 학업에 대한 꿈을 포기한 적이 없었다. 1997년 3 월, 검정고시를 거쳐 신학교에 입학했다. 학업과 병행할 수 있 는 아르바이트를 찾던 중 오전에만 일하고 오후에는 공부를 할 수 있는 토스트 장사가 제격이라고 생각했다. 그가 가장 먼 저 트럭을 몰고 간 곳은 지하철 3호선 녹번역이었다. 직장인 들이 많이 드나드는 지하철역이 좋을 것이라는 판단에서였다. 그러나 사흘 내내 허탕만 친 그는 또 다른 지하철 역으로 발길 을 옮겼다. 하지만 당초 기대에는 훨씬 못 미치는 결과였다.

그는 곧바로 원인 분석에 들어갔다. 상권과 유동 인구가 많은 지역을 찾은 것은 좋았지만 맛과 청결함, 그리고 손님을 대하는 마음에 문제가 있다는 결론을 내렸다. 그리고 일찍 일어나는 습관이 몸에 배지 않아 늘 피곤한 상태로 일을 시작하는 경우가 많았다. 그러다 보니 인상을 찌푸린 채 손님을 맞은 날이 대부분이었다. 무뚝뚝한 손님에게는 맞받아 성의 없이 대했던 일들이 떠올랐다. 단돈 천 원짜리 토스트를 팔지만 마음만큼은 몇 만원짜리 고급 요리를 파는 심정으로 대했어야 했다.

철저한 분석과 다짐 끝에 자리 잡은 곳이 지금의 무교동 코오롱 빌딩 옆이다. 그는 길거리에서 먹을 것을 파는 '로드 비즈니스'의 생명은 청결이라는 점에 착안해 흰 가운을 입었고, 토스트 만들던 손으로 돈을 받지 않지 않기 위해 손님들이 직접 돈을 내고 거스름돈을 받아 갈 수 있도록 했다. 또 보통 포장마차에서 쓰는 철제 그릴을 스테인리스로 바꿨으며, 두루마리 휴지 대신 보푸라기가 생기지 않는 최고급 휴지를 비치했다.

인근 호텔의 외국인들이 눈에 띄었다. 그들도 아침이면 토스트를 찾는다는 소문을 접하곤 메뉴판도 한글, 영어, 일어, 중국어 4개 국어로 표기했다. 그러자 그를 찾는 외국 손님들이 부쩍 늘기 시작했다. 일본 여행 가이드북에 '무교동 5대 명물'로 등장할 정도였다.

그러나 불량배들의 행패와 당국의 단속이라는 노점상의 숙명이 그라고 피해갔을 리 없다. 무교동 개업 초기에는 주변 불량배들이 느닷없이 찾아와 "자릿세를 내지 않으면 때려 부수겠다"고 위협하곤 했다. 공짜로 토스트를 먹는 건 기본이었다. 하지만 그는 다른 손님들과 다름없이 친절하게 이들을 맞았다. 그러자 결국 불량배들은 "아저씨 토스트 맛이 대한민국 최고"라며 스스로 물러갔고, 이제는 아예 그의 단골이 되었다. 그가 만든 토스트 맛에 푹 빠져 체인점을 열겠다고 찾아온 이들도 있다.

전국 15개 체인점이 생긴 것도 이 때문이다. 매월 순수입 800만 원, 연 수입 1억 원의 고소득을 벌어 들이지만 김석봉 씨는 아직 전셋집을 벗어나지 못하고 있다. 사업 투자도 많이 하지만 기본적으로 번 돈을 아낌없이 이웃과 나누기 때문이다. 아침에 준비한 재료가 다 팔리지 않은 날엔 남김없이 토스트를 구워 사직 공원과 서소문 공원의 노숙자들에게 나눠 준다. 또 일이 끝난 오후에는 고아원, 양로원, 어린이집 등을 찾아 토스트 대접을 하며 봉사 활동을 하고 있다. 그의 꿈이 궁금했다.

"20만 평 규모의 어린이 캠프장을 만들고 싶어요. 다양한 볼거리와 이벤트가 가득한 꿈의 동산 말입니다. 물론 저처럼 힘겹고 어려운 환경에 처한 어린이들에겐 무료랍니다."

〈레이디경향〉 2004년 8월 호 중에서

장래 희망이 버스 기사와 토스트 노점상인 사람은 흔치 않을 것입니다. 표면적으로는 그저 평범하기 짝이 없는 직업이지만 이 이야기 속의 운전 기사와 토스트 아저씨는 자신의 직업을 결코 평범하지 않은 직업으로 바꾸어 놓았습니다.

세상에 평범한 직업이란 없습니다. 단지 평범한 업무 방식이 존재할 뿐입니다. 무료하고 반복적인 일인 것 같아도 어떻게 마음을 먹고 임하느냐에 따라 일은 새롭게 변하게 됩니다. 중요한 것은 내가 관심 있는 분야에서 나만의 전문가가 되는 것입니다. 진정한 프로를 꿈꾸는 사람만이 자신의 분야에서 최고의 전문가가 될 수 있습니다.

여러분의 전문성을 찾아 더욱더 철저하게 준비하십시오. 아무리 좁은 영역에 국한된 것이라도 좋습니다. 자신만의 세계를 개척하십시오. 별로 가치가 없어 보여도 전문화된 지식의 힘은 강력합니다. 그 일에 관한 한은 여러분을 찾아오도록 만드십시오. 여러분 각자는 아주 특별합니다.

사랑하는 귀한 후배님들, 지금 여러분은 어떤 꿈을 가지고 있습니까? 세상 사람들이 별로 인정해 주지 않은 꿈이라 하더라도 낙심하거나 초조해하지 마십시오. 대신 진정한 전문가가 되기 위해 온 힘을 기울이십시오. 꿈에서 눈을 떼지 마십시오. 부단히 노력하고 또 노력하다 보면 언젠가는 자신의 분야에서 가장 인정받는 멋진 프로가 될 수 있을 것입니다. 모두들 자신의 소중한 꿈을 더욱더 아름답게 키워 나가는 하루가 되길 바랍니다.

9 복잡하고 어려운 문제를 만났을 때

'큰 그림을 그려 우선순위를 정하자.'

복잡하고 어려운 문제를 해결하려고 애쓸 때, 한꺼번에 여러 가지 문제를 동시에 해결해야 할 때, 시간은 별로 없는데 해야 할 공부가 너무 많아서 무엇을 먼저 해야 할지 모를 때 우리는 어찌할 바를 몰라 하다가 길을 잃고 헤매기 쉽습니다.

이럴 때 어떻게 하면 시간을 낭비하지 않고 가장 지혜롭게 해결할 수 있을까요? 어떤 좋은 방법이 없을까요? 이럴 때 가장 현명한 방법은 잠시 한 걸음 뒤로 물러서서 자신이 무엇을 얻으려고 하는지 가만히 생각해 보는 것입니다. 일명 '큰 그림 그려보기'입니다. 큰 그림을 그려 보면서 우선순위를 정하는 것입니다.

우선순위를 정하는 원칙은 바로 핵심 장악에 있습니다. 핵심과 지엽을 먼저 나누십시오. 지금 당장 해야 할 핵심 문제를 먼저 구별하십시오. 핵심 문제 하나가 구별되면 더 이상 머뭇거리지 말고 온 힘을 다해 그 문제 하나에 집중하십시오. 그 문제가 모두 해결된 다음에는 남겨진 문제들 중에서 가장 중요한 문제를 다시 찾으십시오. 그리고 뒤돌아보지 말고 그 일에만 집중하십시오. 핵심의 우선순위를 정하여 핵심을 장악하다보면 지엽은 저절로 따라오기 마련입니다.

사랑하는 귀한 후배님들, 시간은 너무나 귀중한 것입니다. 부디 시간을 아끼고 또 아끼십시오. 그리고 핵심 장악을 놓치지 않기를 부탁드립니다.

10 나 자신을 발전시키고 싶을 때

'늘 메모하는 습관을 들여라.'

제가 어디를 가든지 꼭 가져가는 것들이 몇 가지 있는데 그 중에 대표적인 것이 바로 종이 한 장과 볼펜 한 자루입니다. 종이를 접어 주머니에 넣고 다니다가 지하철 안에서든 혹은 길거리에서든 머릿속에서 좋은 생각이 떠오르면 잊어버리지 않도록 바로 적어 둡니다. 그런 과정을 통해 『다니엘학습 실천법』이 나올 수 있었고 『다니엘 건강관리법』과 이 책도 나올 수 있었답니다.

"좋은 아이디어가 떠올랐을 때 적어 놓지는 않았지만 나는 내가 무엇을 하고 싶은지 정확하게 알고 있다"고 말하는 청소년들이 많습니다. 나는 그런 후배들에게 그런 모든 아이디어들을 종이에 적어 두라고 말하고 싶습니다. 왜냐하면 아이디어를 먼저 종이에 적어 구체화한 사람이 보다 빨리 꿈을 이룰 수 있기 때문입니다. 막연한 생각만으로는 부족합니다. 그것을 종이에 옮기면서 추상화된 생각을 구체화할 때야 비로소 그 생각은 생명을 갖게 되는 것입니다.

저의 보물 창고는 바로 수많은 메모들입니다. 순간순간 찾아오는 좋은 생각들과 아이디어들을 잘 적어 놓으면 리포트를 쓸 때, 논문을 쓸 때, 혹은 책을 쓸 때 얼마나 유용한지 모릅니다.

사랑하는 귀한 후배님들, 인간의 능력과 지혜는 유한합니다. 하지만 자신이 가진 부족함을 노력이라는 몸부림을 통해 많은 부분 채울 수 있답니다.

메모를 하는 습관은 아주 귀한 습관입니다. 청소년 시절부터 메모하는 습관을 몸에 익힐 수만 있다면 여러분 인생이 참 많이 달라지리라 생각합니다. 오늘부터 새롭게 뜻을 세워 메모를 시작해 보기를 부족한 선배가 강력히 권해 드립니다.

11 지금 공부해야 하는 이유

『안씨가훈』이라는 중국 고전에 나오는 이야기입니다. 한번 천천히 읽어 보세요.

사람이 태어나 어릴 때에는 정신이 맑고 날카롭지만, 장성한 이후에는 생각하는 바가 산만해진다. 그러므로 진실로 일찍부터 가르쳐 그 기회를 놓치지 말아야 한다. 나는 일곱 살 때에 『영광전부』를 외워 오늘에 이르도록 10년에 한 번만 보아도 아직도 잊지 않고 있다. 그러나 스무살이 넘어서 외운 『경서』는 한 달만 던져두어도 곧바로 아무것도 기억나지 않는 지경에 이르고 만다.

사람들 중에는 곤궁함에 빠져 한창 때 배움을 잃는 경우도 있다. 그래도 오히려 늦게라도 배워야 하며, 스스로 포기해서는 안 된다.

공자孔子는 "쉰에 『역』을 배워 가히 큰 과실은 없었다" 하였다. 위魏 무제武帝와 원유袁遺는 늙어서도 더욱 독실이 하였으니, 이는 모두가 어려서부터 배웠으면서도 늙어서도 싫증을 느끼지 않은 예이다. 증자曾子는 일흔에 배움을 시작하여 천하에 이름을 날려 석유碩儒가 되었으며, 공손홍公孫弘은 마흔넘어 비로소 『춘추』를 배워 이로써 드디어 승상의 지위에 올랐다. 주운朱雲 역시 마흔에 비로소 『역』·『논어』를 배우기 시작하였으며, 황보밀皇甫謐은 스물에 비로소 『효경』·『논어』를 배웠다. 그런데 이들 모두 마침내 위대한 학자가 되었으니, 이는 어려서는 미혹하였으나 만년에 깨닫게 된 이들이다.

세상 사람들은 관례나 혼례의 나이가 되도록 아직 배우지 않았다가 이미 늦었다고 말하면서 그런 인습에 젖어 무식한 채 살고 있으니, 역시 어리석은 일이다.

어려서 배우는 것은 마치 해가 났을 때의 빛과 같으나, 늙어서 배우는 것은 마치 촛불을 잡고 밤에 걷는 것과 같다. 그러니 어린 나이에 배움에 집중하도록 하되, 그러나 늦었다 해도 늦게라도 배워 까막눈에 아무 것도 볼 수 없는 것보다는 나으리라.

배움의 방법과 때에 대해 말하고 있는 글입니다. 『안씨가훈』은 중국 북제의 학자인 안지추라는 사람이 자녀를 위해 남긴 중국 역사의 지혜가 담긴 오래된 교훈서입니다. 중국 역사의 혼란기를 살면서 깨달은 많은 이야기들을, 자녀를 위해 한 줄 한 줄 깊이 있게 써내려 간 책으로 청소년들도 한 번 꼭 읽어보면 좋은 책입니다. 앞의 글은 건국대 임동석 교수님께서 역주하신 책의 글을 좀더 이해하기 쉽게 약간 풀어 쓴 것입니다.

청소년기는 머리가 맑고 영민한 시절인 만큼 많은 것을 이룰 수 있는 시절이라는 데 예나 지금이나 그 생각이 일치하는 듯합니다. 그러니 이 시기에 많은 것을 익히고 배워 두면 평생을 살아가는 큰 지혜와 지식을 쌓을 수 있을 것입니다. 그런데, 또 언제든 늦은 건 아니니 포기하지 말라는 말씀도 잊지 않게 해 주고 있으니, 우리도 이 말씀에 따라 늘 다시 시작한다는 자신감으로 하루를 임했으면 합니다. 역사가 기억하는 최고의 학자들 가운데는 늦게 시작했는데도 그 꿈을 이룬 분들이 계시네요. 그러니 우리는 아직 포기할 때가 아닌 게 분명합니다.

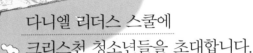

다니엘 리더스 스쿨에
크리스천 청소년들을 초대합니다.

안녕하세요? 『다니엘 학습법』의 저자 김동환입니다.
5년간 준비해 온 아주 특별하고 기쁜 소식을 전해 드리게 되어
하나님께 감사드립니다.

순교자의 신앙과 자기 분야 최고의 실력, 그리고 따뜻한 인격을 겸
비한 21세기 다니엘과 같은 하나님의 준비된 일꾼을 양성하기 위해
'다니엘 리더스 스쿨'이 하나님 은혜로 세워져서 신입생을 모집합니다.

그동안 '다니엘 학습'을 실천하고자 했으나 혼자 하기 버거워 중도
에 포기한 학생들이 있었습니다. 이제 다니엘 리더스 스쿨에서는 학생
들이 전원 기숙 생활을 하며 매일 새벽 4시 30분 저의 설교로 새벽예
배를 시작하여 '다니엘 아침형 학습'을 저에게 직접 배우며 실천합니
다. 하루 세 번의 예배를 통해 철저한 기독교 신앙으로 무장하며, 학생
개인의 실력과 진도에 따라서 학습자 중심으로 교육이 이루어지는 곳
이 바로 다니엘 리더스 스쿨입니다.

저는 다니엘 리더스 스쿨에서 영어, 국어 교사와 교목으로 일하며
학생들과 매일매일 행복하게 교학상장 합니다. 다니엘 리더스 스쿨은
세계에서 신본주의 학습자 중심의 질적 교육이 가장 잘 이루어지는 것
을 목표로, 학생 한 명 한 명에게 딱 맞는 학습 체제를 구축합니다.

이를 위해 저는 서울대 사범대학 교육학과 박사 과정에서 공부하며

학생들을 가르치고 있습니다. 더 준비된 하나님의 일꾼이 되고자, 더 준비된 선생님이 되고자, 세계 최고의 크리스천 인재를 양성하는 학교를 만들고자 부단히 공부한 것을 학생들에게 가르치며 학생들에게 배웁니다.

다니엘 리더스 스쿨은 공부를 왜 해야 하는지를 분명하게 가르치고, 매일매일 하나님 안에서 행복하고 치열하게 공부하는 곳입니다.

다니엘 리더스 스쿨은 나를 위해 몸 바쳐 피 흘려 생명을 주신 주님을 위해 생명 바쳐 공부하는 곳입니다.

다니엘 리더스 스쿨은 평생학습 공동체이자 신앙 공동체이자 가족 공동체입니다.

다니엘 리더스 스쿨은 학생을 살리는 곳입니다.

다니엘 리더스 스쿨은 주님 앞에 한없이 부족한 죄인이지만 나 같은 죄인을 위해 몸 바쳐 피 흘려 생명 주신 주님의 은혜에 감사하여 21세기 다니엘을 양성하기 위해 제가 생명 바쳐 일하는 곳입니다.

다니엘 리더스 스쿨 학생들은 매일 새벽기도를 마친 뒤 힘차게 저와 구호를 외치고 수학 공부를 시작합니다.

"오늘도 생명 바쳐 주님 위해 죽도록 공부하자!

오늘도 하나님께 효도하자! 부모님께 효도하자!

21세기 다니엘이 되자!

오늘도 하나님 안에서 행복하고 즐겁고 치열하게 공부하자!"

귀한 믿음의 후배 여러분, 그리고 학부모님! 아직 늦지 않았습니다.

하나님 자녀에게는 하나님 자녀에 맞는 신본주의 학습 원리가 있습

니다.

이것을 지키지 않으면 돈은 돈대로 들고 성적은 성적대로 나오지 않고 아이들의 영혼은 죽습니다. 하나님 안에서 하나님의 방법으로 역전과 승리의 기회를 잡으십시오.

현재 성적이 최상위권이든 최하위권이든, 다니엘처럼 뜻을 정해 철저하게 하나님의 방식을 배우고 몸에 익혀 다니엘급 믿음의 인재가 되고자 하는 학생들을 찾고 있습니다.

늦었다고 포기하려 했던 학생들, 공부는 잘하지만 세상 방식에 젖어 믿음이 없는 학생들, 삭막한 인본주의 성적지상주의 교육체제 속에서 하나님이 주시는 비전을 포기한 채 무기력하게 시간을 흘려보내는 수많은 믿음의 학생들이 하나님 안에서 새롭게 꿈과 신앙과 실력을 회복할 수 있기를 소망합니다.

자녀를 21세기 다니엘로 교육시키고 싶으신 분들의
관심을 부탁드립니다.

이 사역을 위해 머리 숙여 기도 부탁드립니다.

김동환 드림

다니엘 리더스 스쿨

문의전화 02-3394-4033, 02-3394-4037
홈페이지 www.dls21.net